MW01206161

El último amor
de Arsène Lupin

El último amor
de Arsène Lupin

Maurice Leblanc

Traducción de Patricia Orts

Rocaeditorial

Título original: *Le dernier amour d'Arsène Lupin*

© 2014, La Librairie Générale Française
Publicado en acuerdo especial con La Librarie Générale Française
junto con su agente debidamente designado 2 Seas Literary Agency
y su coagente SalmaiaLit, Agencia Literaria.

Primera edición: octubre de 2021

© de la traducción: 2021, Patricia Orts
© de esta edición: 2021, Roca Editorial de Libros, S. L.
Av. Marquès de l'Argentera, 17, pral.
08003 Barcelona
actualidad@rocaeditorial.com
www.rocalibros.com

Impreso por Liberdúplex

ISBN: 978-84-18557-50-7
Depósito legal: B 13449-2021

RE57507

Índice

Introducción

$\mathcal{A}$ veces, en lo alto de los armarios hay tesoros olvidados. De hecho, así fue como encontré por casualidad esta novela, que salió de la imaginación de mi abuelo, Maurice Leblanc, poco antes de morir; un documento que estaba bien escondido dentro de una de las gruesas carpetas típicas de aquella época, de tela de color beis y rodeada de una correa con los ganchos oxidados, imposible de abrir.

Mi abuelo escribió *El último amor de Arsène Lupin* entre 1936 y 1937, poco antes de que empezara a padecer sus primeros problemas de salud. Por ese motivo, no corrigió de su puño y letra la totalidad del texto mecanografiado, como solía hacer. De acuerdo con la editorial Balland, no he querido modificarlo, de forma que este libro contiene el texto íntegro.

La obra nos permite descubrir un nuevo aspecto de Arsène Lupin, antepasado de los pedagogos de hoy en día, con una idea novedosa sobre la educación de los niños de las zonas «sensibles», una visión insólita de los barrios de París, que vivían ya la atmósfera que precedió al Frente Popular, presagio de un periodo muy sombrío de nuestra historia.

Para conmemorar el setenta aniversario de la muerte de mi abuelo, he querido ofrecer a los lectores más fieles a su obra y a los que se acercan a ella por primera vez la novela *El último amor de Arsène Lupin*, que, sin duda, los convencerá de la modernidad del personaje. En ella encontrarán con idéntico entusiasmo, aunque con otro lenguaje y estilo literario, a su eterno «Arsène Lupin, caballero-ladrón».

Étretat, 12 de abril de 2012

FLORENCE LEBLANC

PREFACIO

La última novela de Maurice Leblanc

DE JACQUES DEROUARD

$\mathcal{U}$no de los manuscritos que dejó Maurice Leblanc fue *La dernière aventure d'Arsène Lupin*. Dicha obra fue retomada con un nuevo título, *El último amor de Arsène Lupin*, en un texto mecanografiado de ciento sesenta páginas que contenía numerosas correcciones manuscritas realizadas por el autor. Es el texto que aparece en las siguientes páginas.

En realidad, Maurice Leblanc contó a menudo la última aventura de su Arsène Lupin: basta recordar el epílogo de *La aguja hueca* (el caballero-ladrón renuncia en él a cualquier tipo de lucha) o el final de la novela *813* (cuando piensa en el suicidio). La novela *La condesa de Cagliostro*, que se publicó por entregas en *Le Journal* en 1934, podría haber sido también la última aventura del caballero-ladrón.

Al final, este pobló el insomnio de su creador hasta el final.

Maurice Leblanc tuvo un destino curioso como escritor. En su juventud escribió novelas y cuentos con grandes expectativas, que lograron la aprobación de algunos críticos, pero que no llegaron a cosechar un gran éxito. Un éxito que, sin embargo, conoció de inmediato de la mano de Arsène Lupin. Y fue un éxito inmenso que sorprendió incluso al autor y que lo condenó a la novela de aventuras. Peor aún: lo condenó a escribir exclusivamente obras destinadas «al gran público», según pretendía la editorial Hachette, a la que estaba vinculado por contrato. Por este motivo, no pudo publicar una antología de cuentos, ya que la editorial no los consideró «convenientes».

Porque, a pesar de sus éxitos de ventas, Maurice Leblanc siempre quiso renovarse. Para empezar, creando otros «tipos literarios» diferentes de Arsène Lupin: Jim Barnett, Balthazar, Dorothée o el príncipe de Jericó. Pero también tanteando otros «géneros literarios»: siguiendo el consejo de Pierre Lafitte, que en 1905 lo había iniciado en el mundo de la novela policiaca, practicó la «novela científica de aventuras» con *Les Trois Yeux* y *Le Formidable Événement*. Al mismo tiempo, consideró la posibilidad de escribir novelas históricas y... románticas, un género que conoció un gran éxito a partir de los primeros años veinte: los libros de Victor Margueritte, Alfred Machard, Maurice Dekobra y Pierre Frondaie se vendían como rosquillas. Con *El último amor de Arsène Lupin*, Maurice da vía libre a una inspiración más «atrevida» que la de sus precedentes «Lupin».

El Maurice Leblanc de los años treinta tenía, por tanto, motivos para considerarse un escritor satisfecho: por fin la crítica le había rendido justicia. Hasta tal punto que

16

los muy serios *Annales Politiques et Littéraires,* que antes de la Gran Guerra se habían mostrado muy críticos con el caballero-ladrón, le escribieron en 1930: «*Les Annales* se sentirán especialmente felices y honrados de contar con su colaboración». Por otra parte, Fréderic Lefèvre, fundador y redactor jefe de *Nouvelles Littéraires* y célebre «hacedor literario» de entreguerras, escribió en *La République* del 17 de marzo de 1930: «Maurice Leblanc es uno de los mayores novelistas de aventuras de la actualidad» y «al mismo tiempo, un novelista y un escritor sin más». La acreditada revista *Les Feuillets Bleus,* en su número de 16 de mayo de 1931, le atribuyó «unas cualidades extraordinarias de estilo y estructura, que confieren a sus escritos un innegable interés». Incluso la puritana *Revue des Lectures* afirmó en julio de 1932: «No es necesario alabar el arte de narrar, universalmente conocido, de Maurice Leblanc».

El escritor no podía por menos que sentirse orgulloso al ver hasta qué punto era apreciada su obra: el teatro, el cine y la radio se adueñaron del caballero-ladrón. Las solicitudes de traducciones o adaptaciones no cesaban de llegar de todas partes.

Además, Maurice Leblanc tenía numerosos proyectos. En abril de 1933, sin informar a Hachette, propone a Max Fischer, director literario de Flammarion, una «novela romántica», *L'Image de la femme nue.* El 24 de noviembre firma un contrato en el que la editorial se compromete a editar las «tres primeras novelas escritas por él para un público escogido» (*sic*). Cuando se publica en 1934, en la promoción de la novela aparece el siguiente interrogante:

«¿Quién habría imaginado que el inmortal autor de Arsène Lupin iba a saber analizar con tanta audacia los problemas y las alegrías del amor?».

A continuación, trabaja para Flammarion en una nueva novela romántica, *Le scandale du gazon bleu*, que saldrá a la luz en 1935 con esta faja: «Una novela del autor de Arsène Lupin para un público escogido». En la publicidad de Flammarion se observa: «El padre de Arsène Lupin entreabre amplios e insondables ámbitos a la novela policiaca, sin privar a sus lectores de la ilusión de seguir guiándolos por sus caminos tan amados. ¿Ilusión? No tanto. Mientras recorran con el corazón encogido las páginas de *Le scandale du gazon bleu*, los lectores no pensarán en el autor ni en su habilidad; se sentirán arrastrados, se evadirán a un mundo fuera del mundo, más rico y real que el primero, cuya llave está en manos de Maurice Leblanc».

Entre los proyectos de Maurice había también guiones cinematográficos como *Duel à mort* o *Les trois femmes du Scorpion*, para el que habría querido ver a Maurice Chevalier en el papel de Arsène Lupin. Trabajó también en las adaptaciones teatrales de *La aguja hueca*, *El tapón de cristal* y *Le scandal du gazon bleu*. Escribió obras teatrales como *Un quart d'heure montre en main* o *Cette femme est à moi*, donde salen a escena la princesa Olga y Arsène Lupin, con el nombre de don Luis.

La obra *L'homme dans l'ombre*, inspirada en la novela *Le chapelet rouge*, cosecha un gran éxito, y el 24 de diciembre de 1935 Maurice escribe a Max Fischer: «Mi querido amigo, tengo un sinfín de proyectos. El éxito de mi obra me abre unas vías que no debería desaprovechar: *Le scandale du gazon bleu,* un gran texto sobre Lupin para Brulé,[1] y una serie de guiones para espectáculos que me han encargado varios músicos populares. Además, están el cine y la radio, para la que debo escribir una serie *sketches* sobre Lupin. En pocas palabras, estoy explotando mi fondo de comercio. Por otra parte, tengo una novela en el *Petit Parisien* y en el futuro una obra anual por entregas. A pesar de todo, me tienta mucho hacer un tercer Flammarion. El tema será apasionante. En cualquier caso, el único trabajo que me divierte de verdad es escribir novelas». El 24 de julio siguiente escribe en Étretat: «No dejo de pensar en una tercera novela. Título provisional: *Œil pour œil, corps pour corps*».

En enero de 1935, Maurice ha presentado a Hachette la idea de una novela histórica que «será el punto de partida de una nueva colección llamada "Crónica misteriosa de la historia de Francia"». De hecho, se conoce el manuscrito de una obra inacabada titulada *La guerre de mille ans,* que el autor deja a medias, dado que luego utiliza varios de sus elementos (como «el secreto del oro») en *El último amor de Arsène Lupin.* El prólogo de la novela contiene asimismo los datos que figuran en el de *La guerre de mille ans.* El general Cabot es reemplazado por el general Lupin, que venció bajo las órdenes de Napoleón la batalla de Montmirail. Al igual que *El último amor de Arsène Lupin, La*

---

1. André Brulé fue un actor francés muy popular en el primer cuarto del siglo XX; fue el primero que interpretó a Arsène Lupin en el teatro en 1908.

guerre de mille ans versa sobre el «libro maestro» de los Montcalmet y los Cabot, dos familias rivales cuyos nombres evocan a los Montesco y los Capuleto. De igual forma, Maurice Leblanc retoma en *El último amor de Arsène Lupin* la mayor parte de los elementos e incluso fragmentos enteros de otra novela inédita de unas cien páginas, *Quatre filles et trois garçons*. En ella, Arsène desempeñaba ya el papel de educador de los niños del pueblo. Entre ellos se encontraban dos de sus hijos naturales, Joséphin y Marie-Thérèse, que decide adoptar después de casarse con la hermosa Cora de Lerne, alias señorita de Camors, una reminiscencia de *Monsieur de Camors*, la novela de Octave Feuillet publicada en 1867. En ella aparece un caballero totalmente alejado de la religión.

20

Maurice Leblanc, que siempre cambiaba de decorado en sus novelas, sitúa la última aventura de Lupin en la «Zône» (según la ortografía del manuscrito) más miserable que rodeaba Pantin. Su caballero-ladrón lucha contra el jefe del Servicio de Inteligencia y, según nos dice, solo sueña con «ayudar a establecer el reino de la paz universal». En 1936, el tema estaba de actualidad.

Como en las mejores aventuras de Arsène Lupin (¡basta recordar *La aguja hueca*!), Maurice Leblanc mezcla en su última obra el pasado (aparecen confusamente el teatro antiguo de Lillebonne, Juana de Arco, María Antonieta, Montcalm, Napoleón y sus generales) con las preocupaciones propias de su época (los aviones, las ciudades jardín obreras o los trabajos del estudioso Alexandre Pierre sobre «el uso del calor de las corrientes profundas de los océanos»).

En cuanto al estilo, en la medida en que es posible juzgar una obra inacabada, en él se percibe la influencia de las novelas románticas publicadas por Flammarion: tono libre y expresiones populares, un tanto pícaras, en ocasiones pertenecientes al argot, que no se encuentran en las aventuras de Arsène Lupin de la Belle Époque.

En Touquet, en la casa L'Arlésienne, perteneciente a la familia de su nuera Denise, Maurice terminó, en septiembre de 1936, la novela *El último amor de Arsène Lupin*, que debía ser la última aventura de su caballero-ladrón. Dos meses más tarde fue víctima de una congestión que le impidió trabajar casi por completo. De hecho, en las últimas correcciones que realizó a principios de 1937, la escritura es trémula.

Por este motivo, es posible que *El último amor* no sea la mejor novela de Maurice Leblanc. Aunque la palabra «fin» se lee en la última hoja del texto mecanografiado, corregido a mano, esto no significa que el autor considerara la obra definitivamente terminada: Leblanc tenía por costumbre corregir con meticulosidad numerosas y sucesivas copias escritas a máquina, siguiendo el consejo de Boileau: «Mete la obra veinte veces en el telar», es decir, pule y afina todo lo que sea necesario. Para empezar, Leblanc redactaba un borrador en un estilo en ocasiones telegráfico, que todavía se puede apreciar en algunas de las páginas mecanografiadas que nos dejó. Como ejemplo podemos citar el prólogo: la frase «Brichanteau desaparece a paso de carga» parece una simple indicación escénica, que el autor habría, sin duda, redactado de otra forma si hubiese tenido tiempo. A pesar de sus lagunas,

21

la novela ofrece unos pasajes muy hermosos, sobre todo cuando Maurice Leblanc evoca «la Zône», situada en la periferia de París, y a sus habitantes.

Así pues, el lector quedará sorprendido con esta novela que se publica por primera vez para los innumerables admiradores de Maurice Leblanc, un novelista francés al que debemos muchas obras maestras. Y apostamos también a que le interesará ver la transformación que Lupin experimentó con el pasar del tiempo. El mismo hombre que, en la época de sus inicios en la revista *Je Sais Tout*, solo frecuentaba los castillos y los salones, se convierte en instructor de los niños que habitan el suburbio más miserable de la capital («los barrios», como dirían en la actualidad). Y el único sueño del caballero-ladrón, llamado ahora «capitán Cocorico», es luchar por una sociedad más justa.

Prólogo

I. Un antepasado de Arsène Lupin

—*P*osadero, ¿está ahí el general Lupin?

—Sí, coronel. Está durmiendo, llegó hace poco, muerto de sueño.

Entre jadeos, el coronel Barabas se ha detenido en el pasillo de una posada del Marne, donde se han acantonado las tropas, después de haber subido corriendo la escalera.

—¿Está durmiendo? Despiértalo.

—Pero eso es imposible, coronel. ¡Al general no le gustará!

—Te he dicho que lo despiertes.

—No me atrevo…

—Es necesario, deprisa.

—Pero, coronel…

—Orden del emperador.

—¡Presente! —dice una voz a lo lejos.

Una puerta se abre con ímpetu y en el hueco aparece un gran diablo en camisón. Repite:

—¡Presente!

Al ver al coronel, añade con cordialidad:

—Vaya, eres tú, Barabas, ¿qué sucede? Pasa.

Los dos hombres entran en la habitación, donde hay prendas militares esparcidas por todas partes.

—¿Has dormido? —prosigue el coronel—. ¿Has comido?

—No tengo hambre.

—Vístete. El emperador te necesita.

Al oír esas palabras, el general Lupin se pone rápidamente el uniforme como movido por un resorte, al mismo tiempo que pregunta a su visitante:

—¿Qué ocurre?

—Una misión que solo tú puedes desempeñar.

—En ese caso, ya está cumplida. —A continuación, abre la puerta y llama—: ¡Brichanteau!

Entra el ayudante de campo.

—¿Qué desea, general?

—Ordena que ensillen a Cléopâtre. ¡Rápido! Y avisa a mi oficial asistente, Darnier, de que debe acompañarme con varios lugartenientes, los que él quiera. Voy a ver al emperador y no puedo perder un minuto.

Brichanteau desaparece a paso de carga.

El general Lupin se prepara en un abrir y cerrar de ojos. Cuando se dispone a bajar la escalera, se detiene un instante y se vuelve inquieto hacia su compañero.

—Oye, Barabas, no hemos perdido la batalla de antes, ¿verdad?

—No, mi general. Las victorias del emperador se consolidan con el tiempo.

Delante del hostal, los animales aparejados piafan; llegan los oficiales. El general Lupin monta en su silla y ordena:

—¡Adelante! ¡Adelante!

Levantando una polvareda, el destacamento galopa hacia el cuartel general. El coronel Barabas los guía hacia la pequeña ciudad donde se ha instalado el emperador. El general Lupin cabalga a su lado.

Anochece y los dos hombres avanzan en silencio hasta que Lupin, que vuelve a sentirse inquieto, repite la pregunta:

—Entonces, ¿la victoria es segura?

—¡Sabes de sobra la respuesta, mi general! ¡Tu contribución ha sido decisiva! El emperador lo dijo hace poco: «Sin la ambición por el galón del general Lupin, Montmirail estaría perdida, ya no formaría parte de Francia».

—¡Vamos, vamos! ¿Me estás diciendo que un general de brigada ha ganado la batalla de Montmirail?

—¡No! Ahora eres general de división: te lo comunicarán oficialmente mañana.

El general Lupin cabecea algo sorprendido.

—Una adivina me lo dijo recientemente. También que no tardaré en casarme y que uno de mis hijos se llamará Arsène y será famoso en todo el mundo. Al final, voy a tener que creer en sus predicciones.

El coronel Barabas sonríe. A continuación, los dos hombres callan y acucian a sus cabalgaduras. Solo se oye el alegre y acompasado martilleo de los cascos de los caballos y los apacibles ruidos del atardecer campestre.

Al cabo de tres cuartos de hora, el destacamento llega delante de un palacete provincial animado por las inusuales idas y venidas de las tropas. En la plaza hay varios grupos de curiosos vigilando una ventana que se iluminó antes de que alguien corriera unas grandes cortinas. El prestigioso hombre que tiene en sus manos el destino de la Francia amenazada está allí, y hacia él se elevan todas las esperanzas.

Varias órdenes escuetas y el destacamento pisa el suelo. Después de saludar en el puesto de guardia, Barabas y Lupin suben rápidamente al primer piso y el segundo de ellos entra en una sala transformada en despacho.

El emperador está solo. Sentado a la mesa que se encuentra al fondo de la estancia, con varios documentos desplegados delante de él, trabaja. La noche de mediados de febrero aún es fría: unos troncos arden en la alta chimenea. El pequeño y célebre sombrero y la famosa levita ocupan regiamente un sillón.

—¡Ah! ¿Eres tú, Lupin?

—A sus órdenes, señor. ¿Llego tarde?

—No, no…, llegas con quince minutos de adelanto respecto a lo que había previsto.

El general ha abandonado la posición de firmes. Napoleón se ha levantado y se ha dirigido a la chimenea: el resplandor del fuego recorta su cara abotargada. Lleva el uniforme de campaña: chaqueta verde con solapas blancas y pantalón también blanco. No se ha quitado las botas, que resuenan en el suelo cuando se acerca a una consola.

Encima de ella hay abierto un estuche que contiene tazas y platos de corladura, junto a un tentempié consistente en varios tipos de carnes frías. El emperador se vuelve para preguntar a Lupin:

28

—¿Has dormido?

—No, señor, no lo necesito.

—¿Tienes hambre?

—No lo sé.

Señalando una silla que se encuentra delante de un velador, le ordena:

—Siéntate y come, yo te serviré.

El general hace amago de protestar, pero el emperador ya le ha puesto delante uno de los platos de su estuche de campaña, que ha llenado al vuelo con distintas clases de carne.

—Come —repite el emperador tendiéndole un cubierto, un pedazo de pan y un vaso lleno de vino rosado.

Lupin obedece, pero, sin perder un minuto, se informa sobre la misión que debe llevar a cabo:

—¿De qué se trata, señor?

—¿Conoces el castillo de Alsacia, el que se encuentra en la frontera?

—¿Me han destinado allí? Sí, y también conozco al gobernador Lampathi.

—Bueno, pues en ese castillo están conspirando.

—Siendo así, ¿debo detener a los conspiradores?

Napoleón responde con un ademán afirmativo y a continuación recorre el despacho dando zancadas, agitado, mientras su interlocutor engulle a toda prisa la cena. Acto seguido, tras haber reflexionado, se enjuga con el dorso de la mano el bigote caído con aire preocupado. Después, se pone en pie, se planta delante del soberano y le dice sin rodeos:

—Perdone, señor, pero ¿no será un nuevo «golpe

d'Enghien»? ¡Porque ya sabe que yo no participo en ese tipo de casos! Soy un soldado, no un policía. Además, si he de ser franco, sería tan nocivo para usted como para mí.

—No te preocupes por eso, ¡sé lo que hago! —grita Napoleón encolerizado dando una patada a un tronco que parece estar a punto de caer y del que brota un haz de chispas.

Pero enseguida recupera la calma: le gusta la ruda llaneza de su fiel compañero de armas. Así pues, le posa una mano en un hombro:

—No, no se trata de un golpe d'Enghien, tranquilo. En el castillo te reunirás con la condesa de Montcalmet y te apoderarás de un libro del que no se separa jamás. Me lo traerás. Es la versión inglesa del libro francés que tenías en tu casa, ya sabes, el «libro maestro» de los Montcalmet. Esa especie de memorias que escriben las familias francesas, una suma de acontecimientos, experiencias y secretos íntimos que se transmiten de una generación a otra. Lo necesito porque la versión inglesa contiene fragmentos que faltan en la francesa: se trata de las confesiones de Juana de Arco, que revelan las altas consignas de la política inglesa que la heroína recopiló mientras pasaba de una tropa a otra. Entre otros, está este fragmento:

El que tenga toda la tierra tendrá todo el oro.
El que tenga todo el oro tendrá toda la tierra.
Hay que llevar Inglaterra al Cabo.
Es necesario poseer todo el sur de África.

—Sí —observa Lupin—, y, mientras los ingleses se esforzaban por conquistarlo, mi familia luchaba para que Canadá fuera francesa, el Canadá que habían recuperado los ingleses, y, sobre todo, Montcalm.

—Es cierto, pero quiero leer la totalidad del libro —afirmó el emperador—, me será muy útil.

—Lo tendrá, señor.

—Coge cincuenta hombres: los maridos de mis hermanas, Talleyrand..., todo ese pequeño mundo conspira, encontrarás a todos allí.

—Pero ¿el castillo pertenece a Marmont?

—¡Es el cabecilla de los conspiradores!

—¿No hay otro?

—Sí, la señora Montcalmet; es la dueña de Marmont. Debes traerme a todos esos traidores aquí.

—Voy a buscarlos, señor. Pero antes dígame si a cambio recibiré una recompensa.

—¿Quieres el bastón de mariscal?

—¿Uno nuevo?

—No, el de Marmont. No está mal, ¿eh? Pero no dices nada, ¿deseas otra cosa?

—Quizá... la mujer...

—De eso nada, me gusta, así que me la reservo, ¡no se te ocurra tocarla!

Lupin calla unos segundos antes de añadir:

—Escuche, señor. En el norte solo cuentan desde siempre dos familias, los Montcalmet y los Cabot-Lupin. Hace siglos que son enemigas. El odio que los separó se tradujo en asesinatos, deshonras, robos y violaciones. Los Cabot-Lupin llevamos cierto retraso, por eso no me importaría manchar un poco el honor de la señora Montcalmet.

Una sonrisa ensancha las facciones del emperador.

—Eres apasionado, más tarde nos ocuparemos de ese asunto. Antes tráeme el libro y a la mujer.

—Señor, Montcalmet es mi prima y… me casaría con ella.

—Pero ¡también es la amante del rey de Inglaterra! Además, ¡ya pedirás luego tu recompensa! —Napoleón consulta su reloj antes de proseguir—: Si quieres, puedes dormir diez minutos, yo te despertaré.

—No tengo sueño, señor. Voy a reunir a mi escolta y saldremos enseguida.

Una vez a solas, el emperador se queda de pie, pensativo.

Al cabo de unos minutos, en el empedrado de la pequeña plaza se oye el ruido —tan familiar para él— del galope de unos caballos.

Entonces, se dirige a paso lento hacia su escritorio, se deja caer pesadamente en el sillón, agarra la lupa y empieza a estudiar de nuevo sus mapas. La silueta emocionante del luchador que, poco tiempo después, saldrá de la escena mundial para entrar en la historia.

II. La cueva de Calipso

Galopando sin detenerse un solo momento, la tropa del general Lupin llega a una bonita mansión señorial modernizada que conserva ciertos vestigios del pasado: un foso y un puente levadizo impiden el acceso.

El general descabalga y distribuye a sus hombres alrededor del recinto amurallado. Se encamina hacia la puerta baja del pabellón que hay en la entrada, al otro lado del foso. Aporrea violentamente con la empuñadura de su espada. Se oyen unas voces. Un sirviente abre de inmediato la puerta. Lupin le increpa:

—¡Están bien encerrados ahí dentro, desde luego! He venido a ver al gobernador Lampathi. Vaya a buscarlo de parte del general Lupin.

El lacayo desaparece sin decir una palabra y el puente levadizo desciende. Al cabo de unos minutos, sale el gobernador.

—Buenas tardes, general. ¿Qué desea?

—Entrar donde están reunidos sus invitados.

—Eso está hecho.

Sin perder la compostura, el gobernador lo guía a través de un gran parterre hacia el castillo, donde enfilan la escalinata. Acto seguido, recorren varias salas vacías antes de bajar por una escalera de piedra que da a un rincón apartado, que se encuentra al final del edificio principal, un poco retranqueado. Se trata de una cueva natural amueblada como un salón: las estalactitas están armoniosamente unidas con telas. En su interior, una docena de hombres sentados a varias mesas de juego parecen concentrados en sus partidas de naipes y apenas alzan la cabeza.

Lupin se planta delante de ellos.

—Muy bien, amigos míos, ¿qué es esto? ¿Una conspiración? —dice—. ¡Que todo el mundo se prepare para seguirme por orden del emperador!

33

Los hombres se levantan. Lupin se dirige a ellos por su nombre, con amabilidad.

—Vaya, buenos días, Bernadotte. Buenos días, Marmont. ¿La señora Montcalmet está ahí?

Varias voces protestan:

—¡Montcalmet! No la conocemos...

—¡Vamos, vamos!

El único que no lo niega es Marmont, que dice con ironía:

—Quizás haya escapado mientras venías hacia aquí.

—Eso es imposible, compañero —responde Lupin—. Todas las salidas están vigiladas, no soy tan ingenuo, y ahora condúceme hasta ella.

Sin medios para resistir, Marmont obedece. Abre una rejilla oculta tras una cortina. El general entra en un curioso gabinete instalado en una cueva artificial que comunica con la natural. Las mismas estalactitas —falsas, en este caso—, las mismas telas de seda suave de color rosa viejo y un mobiliario compuesto de un gueridón, un secreter y varios asientos de un gusto exquisito.

En una gran otomana hay una mujer medio tumbada con un libro en una mano. Luce un vestido seductor, con un atrevido escote, de un tono rosado un poco más claro que el de la decoración. Es robusta y muy hermosa. Sus cabellos cobrizos brillan a la luz de una llama. Al ver entrar al visitante, se endereza con aparente calma:

—¡Vaya, el general Lupin!

—¡Sí, soy yo! Buenas tardes, prima.

—¿Qué ha venido a hacer aquí?

—A detenerla, ¡imagínese!

—¿A detenerme, a mí?

—Sí, a usted, sabe de sobra el motivo. Debe venir conmigo. Órdenes del emperador.

—¡Oh! ¡No tan rápido, mi querido primo! Estoy obligada a seguirle, no me queda más remedio, pero no quiero que me lleve ante Napoleón: me niego a ver a ese hombre, porque sé que me desea.

—Siendo así, le propongo que se entregue a mí para escapar —le dice Lupin.

Por única respuesta, la joven se ríe con insolencia.

El general se acerca a su prima e, hincándose de rodillas ante ella, le acaricia sus brazos desnudos, le besa sus hombros blancos.

—Le ruego que sea mía. No sabe cuánto la deseo —murmura.

La dama comprende al vuelo el partido que puede sacar a esa violenta pasión:

—Si me entrego a usted, ¿me ayudará a huir? De ser así, acepto.

—¿Qué es esto, un trato?

—Me parece leal.

Lupin se pone de pie.

—De acuerdo —dice—, pero quiero que me dé el volumen que tiene en las manos: es el «libro maestro» de los Montcalmet, ¿verdad? ¿Es la versión inglesa?

—¿Qué quiere hacer con él?

—Entregárselo al emperador, lo está esperando.

—¿Y si me niego?

—Mis hombres se ocuparán de usted, la llevarán a las Tullerías. No puede escapar, el edificio está rodeado.

La condesa de Montcalmet reflexiona un momento, comprende que está perdida y, para obtener toda la ayuda que cabe esperar del orgulloso soldado, ingenuo y enamorado, que ha vuelto a arrodillarse ante ella, se arroja en sus brazos mimosa y le dice con ternura:

—Sí, seré tuya. Hace mucho tiempo que lo deseo, ¿cómo es posible que no lo hayas comprendido? Me gustas, pero que quede claro que luego me ayudarás a escapar.

—Soy un hombre de palabra —contesta Lupin apoderándose de los labios de su cautiva al mismo tiempo que la obliga a echarse por completo sobre la otomana.

36

Cuando, más tarde, vuelven en sí, sorprendidos y felices de la rápida aventura, Lupin es el primero en recuperar la sangre fría.

—Mi hermosa prima —dice—, hasta la fecha, en la larga lucha que ha enfrentado a nuestras familias, la mía había cometido menos violaciones que la tuya: gracias a ti he podido acortar la distancia que nos separa.

A continuación, se pone en pie y se ajusta el uniforme.

—Vamos —ordena—, no perdamos tiempo, no podemos olvidar que he de cumplir con mi obligación. Para empezar, tengo que ayudarle a salir.

Mira alrededor.

—¿Adónde da la salida que hay al fondo?

—Al campo. Desde allí podré llegar con facilidad a la frontera. Tengo amigos, ellos me ayudarán a pasar al extranjero.

—Está bien. Prepárese y venga conmigo, pero antes he de pedirle que me dé el libro.

—Aquí lo tiene —responde ella tendiéndole un volumen encuadernado como el que él espera, que ha cogido de la repisa que hay encima del canapé.

Vuelve a abrazarlo para distraerlo, pero el general la ha visto cambiar el «libro maestro» por otra obra. Sin decir nada, mientras ella se viste y coge algo de dinero, recupera hábilmente el libro que realmente desea y deja el otro en su sitio.

—¡Vamos! ¡Rápido!

Un último beso y, tras abrir la pequeña puerta que da al campo y deshacerse del guardia que hay apostado en ella, hace salir a su compañera.

Cuando regresa a la sala, ve aparecer a Napoleón.

«¡Ya era hora, demonios!», piensa Lupin mientras se aproxima a él y, titubeante, le anuncia:

—Tengo el libro.

—¿De dónde vienes? —le pregunta el emperador con suspicacia.

—De ayudar a escapar a la señora Montcalmet, señor.

Napoleón no se enfada, la audacia del general lo desarma. Mirando fijamente a Lupin, le dice con dulzura, sin el menor rencor:

—¡Acabas de perder tu bastón de mariscal!

Varios meses más tarde, el general Lupin se casa con la condesa de Montcalmet y vive con ella en las ruinas del castillo d'Orsay.

Napoleón estudia en vano el libro de los Montcalmet. A pesar de reconocer la fuerza y la precisión de su contenido, no tuvo ocasión de aplicar los consejos que extrajo de él: el cataclismo de Waterloo puso fin a todos sus sueños y posibilidades.

Ahora nos adentramos en la vida de la señorita de Camors, princesa de Lerne.

I

El testamento

En el mes de diciembre de 1921 se celebró en la embajada de Italia un gran baile; varias recepciones restringidas habían marcado ya el reinicio de la vida en París, pero esa velada oficial era la primera que tenía lugar después de los acontecimientos de 1914-1918.

El embajador y la embajadora recibían al pie de la escalinata de honor a sus invitados; en las magníficas salas del primer piso desfilaba una multitud resplandeciente: los grupos y las parejas se reencontraban, se saludaban e intercambiaban sus impresiones mientras observaban a los recién llegados.

El murmullo discreto de las conversaciones, la música de las orquestas a lo lejos, en los salones donde se bailaba, contribuían a crear un ruido leve e ininterrumpido.

De repente, se hizo el silencio: una joven robusta acababa de entrar. Su porte y su vestimenta formaban un conjunto de gracia soberana, de tal armonía que se imponía sobre las bellezas que la rodeaban y las hacía parecer banales. Muy sencilla, sin joyas, lucía un vestido sabiamente drapeado del color amarillo rosado característico de las rosas de té; tenía el pelo rubio y ondulado, y varios rizos largos caían sobre su cuello flexible, rozando un hombro castamente descubierto. Sus grandes ojos verdes y sus largas pestañas resaltaban la maravillosa frescura de una tez delicada, sin artificios que la acentuaran.

Avanzó con paso indolente y no tardó en verse rodeada de una corte de admiradores, que se apiñaban alrededor de ella saludándola todos a la vez:

—¡Volvemos a vernos, señorita de Lerne! ¿Cómo está su padre?

—¡Mis respetos, hermosa Cora!

—Mi querida Cora, me gustaría bailar con usted: apúnteme para el primer vals. ¿Está sola? ¿El príncipe de Lerne no ha venido?

Tras responder a todos, la joven buscó asiento en un rincón y los despidió con amabilidad:

—Déjenme ver un poco a la gente. Adoro el espectáculo de estas veladas: la luz, las flores, los vestidos lujosos, los uniformes. Todo eso constituye para mí una alegría de la que nunca me canso. Además, veo a lo lejos al marqués de Sérolles y deseo conversar con él. Hasta luego.

Mientras los jóvenes se alejaban, el marqués de Sérolles se aproximó a la joven, muy tieso y ágil, a pesar de su avanzada edad.

—Buenos días, niña mía. Sabía que la encontraría aquí. ¿El príncipe de Lerne no le ha acompañado?

—Mi padre no ha salido esta noche, tiene su compañía y no le gustan las reuniones oficiales.

—El aspecto de esta es una auténtica obra de arte.

—¿Verdad? Siempre me complace contemplar la perfección de estas reuniones.

El marqués se sentó a su lado.

—Los vi la semana pasada en el Bois —dijo—, pero no pude acercarme a ustedes. Lerne iba a caballo por el camino y, casi a su lado, usted conducía fastuosamente un *dog-cart*.[2]

—Todas las mañanas paseamos juntos de esa manera.

—Muy bien, pero ahora dígame qué ha hecho durante los meses que ha pasado lejos de París —prosiguió él—. ¿Ha leído algo?

—Sí, libros antiguos: *La educación sentimental, Los maestros de antaño...* Me encanta el estilo de Flaubert, a pesar de la tristeza que emana. En cambio, Le Fromentin me entusiasmó: ¡qué estudio sobre los pintores holandeses!

—Me parece estupendo, pero ¿cómo va su pintura?

—Volví a dedicarme a ella en cuanto regresé.

—¿Ha hecho progresos?

—Creo que sí. He entendido los nuevos principios, allí estudié las obras de los mejores artistas.

—Os han inspirado: el estilo de su vestido es sorprendente, la cintura y el chal, del mismo tono de vuestros ojos, crean sobre el rosa ámbar del conjunto un contraste exquisito.

Ella se mostró halagada.

---

2. Pequeño coche descubierto de fabricación inglesa y tirado por un caballo.

—¿Le gusta? Me alegro, ¡es usted un crítico realmente instruido! Es precisamente la copia de un cuadro de Gainsborough, el retrato de la duquesa de Devonshire.

—No lo conozco, pero el «crítico» que soy aprovecha el afecto que siente por usted para reprenderla sobre otra cosa: ¿por qué se presta cada vez más a la maledicencia?

La joven se enfureció.

—No doy ninguna importancia a la opinión ajena, porque mi conducta es irreprochable.

—Lo que supone cierta nobleza, pero, por desgracia, en una sociedad organizada hay que contar con los demás, al menos en lo que respecta a ciertas ideas preconcebidas, a las apariencias.

—¿Qué me reprochan?

—Por ejemplo, esta noche ha venido sin un acompañante que la vigile..., es inútil... ¡Una joven! ¿Por qué ha de hacer gala de tanta independencia? El resultado es inmediato: ¿se da cuenta del efecto que produjo el interés que demostraron los caballeros que la rodearon? La tratan sin respeto, en cierta medida como tratarían a una criatura de otro mundo. Es irritante.

Cora hizo un gesto despreocupado.

—Me da igual, son estúpidos.

—No es grave, sin duda —añadió él—, pero hay cosas peores: ¿quiénes son los «cuatro mosqueteros» que, según se dice, ha traído de Londres? ¿De verdad su padre ha cometido la locura de alojarlos en su casa, en los pabellones de su propiedad? ¡Sale con ellos, se muestra en público! No se habla de otra cosa. ¿Qué hay de verdad en esos rumores?

Con un ademán encantador, la joven volvió a ponerse en el cuello el chal, que se le había resbalado.

—Todo es cierto —contestó—. Todo salvo la interpretación llena de veneno que han realizado de unos hechos más que normales. Mis compañeros son personas bien educadas, de trato agradable. Los conocí en Londres, en efecto. Habían planeado venir a París y no sabían dónde alojarse, de manera que mi padre puso a su disposición los edificios arruinados que están en el terreno baldío que hay al fondo del jardín. ¿Sabe a cuáles me refiero? La vieja sacristía, la sala de la guardia. Aceptaron y gracias a ellos me siento menos sola.

El marqués se encogió de hombros, consternado.

—No niego que parece simple cuando lo explica —dijo—, pero las personas pérfidas no lo ven de la misma manera: debido a esas extravagancias, la evitan cuando la reciben. Usted misma se excluye.

—Las visitas programadas, regulares, me horrorizan —explica ella—. No quiero tener relaciones sociales continuadas, salvo con ciertas personas elegidas como usted.

La afirmación causó al anciano un visible placer.

—De acuerdo —dijo dando su brazo a torcer—, pero me parece lamentable que las mujeres la desdeñen. Nadie se ha acercado a usted, ¿se ha dado cuenta? Los únicos que corren a saludarla son los hombres... demasiado... Y cuando uno la conoce, lo deplora.

Ella sonrió.

—Vaya, veo que justo ahora se está aproximando una: la dueña de la casa.

En efecto, la embajadora se dirigía hacia ellos.

—Mi querida Cora —dijo—, la estaba buscando. Le traigo un mensaje: su padre acaba de llamar por teléfono para pedirle que vuelva a casa enseguida. Espero que no esté enfermo.

—Mi padre es un niño mimado, jamás le molestan las contingencias, y, como yo obedezco siempre a sus caprichos, al igual que él secunda los míos, me despido de usted.

La joven se levantó y, tras pedir disculpas al marqués, salió acompañada de la embajadora.

Una vez fuera, esperó a que llegara su coche envuelta en la capa de piel que se había puesto en el guardarropa.

—A casa —ordenó—, deprisa.

Montó en el vehículo perfumado por las violetas que había en el pequeño florero y, tras apoyar los pies en la botella de agua caliente y taparse con una manta, se acurrucó en el asiento y se dejó mecer por el avance regular del coche. Se sentía bien.

Recordó la inquietud del marqués de Sérolles. «Pobre amigo, es un hombre estupendo —se dijo divertida—. Lástima que sea esclavo de los prejuicios.»

Pensó en los «cuatro mosqueteros» de los que habían hablado. ¡Qué diferentes eran! Alegres, liberados, eran para ella una compañía ideal, además de asidua y discreta.

Había conocido al conde Hairfall durante una velada londinense; su conversación, flemática y educada, la había atraído. Se habían vuelto a ver en varias ocasiones. Él le había presentado al segundo del grupo, el capitán André de Savery, que asombraba con su elocuencia, sus imprevistos y su fantasía. Los tres habían empezado a visitar los viejos barrios y los museos, disfrutando de la recíproca compañía.

Un día, mientras descansaban en una casa de té, habían coincidido con dos jóvenes amigos del capitán de Savery: Donald Dawson y William Lodge. Elegantes y refinados, tenían tal capacidad para comprender los asuntos femeninos que no tardaron en volverse indispensables para la joven y se añadieron al trío. Sabían todo sobre las casas de alta costura y la moda, conocían a los anticuarios, sabían elegir un color, una forma, un pequeño adorno.

Erudito en sus horas libres, Donald Dawson era también experto en arqueología, y André de Savery, que lo era aún más, mantenía con él unas conversaciones brillantes. Se rumoreaba que Dawson era el hijo venido a menos de un *lord*. Vivía con William Lodge y de ellos también se decía que en el pasado habían sido unos simples *stewards*.[3]

A Cora no le preocupaba averiguar la verdad. Cada uno a su manera, sus cuatro guardaespaldas le divertían, le aseguraban unos días variados, nada aburridos. Así pues, cuando la escoltaron hasta París y su padre les propuso vivir en las ruinas próximas a su palacete, para ella fue un inmenso placer que aceptaran quedarse a su lado.

La sacristía de una antigua capilla medio derruida podía restaurarse: André de Savery la eligió y se instaló en ella. El conde Hairfall prefirió, en cambio, una larga sala de la guardia e hizo que abrieran en ella varias ventanas

3. Administrador de una propiedad.

y construyeran unos tabiques. Donald y William, que no se separaban jamás, decidieron de común acuerdo instalarse en un pabellón, una joya de la arquitectura del siglo XVII, que un decorador de moda adaptó a sus necesidades siguiendo sus indicaciones.

Cora los veía a diario y nunca eran molestos. Salía con uno u otro, o incluso con dos a la vez, al teatro, a las exposiciones o al Bois. Solo dejaban de acompañarla en sociedad: en esas ocasiones, solía acudir sola, como había hecho ese día.

Los cuatro hombres se mostraban atentos con la joven y, como a ella, no les preocupaba el daño que eso pudiera causarle. ¿La querían? Cora se lo preguntaba en ciertas ocasiones, sin llegar nunca a una conclusión. Coqueteaban con ella, eso era todo. De vez en cuando le robaban un beso, pero ella adoptaba enseguida una actitud glacial. No quería a ninguno en especial, prefería a uno u otro en función de lo que requería cada momento.

A la edad de veintidós años, Cora de Lerne jamás se había alejado de su padre, salvo en el viaje que había hecho recientemente al extranjero. Una institutriz inglesa se había encargado de su educación con la ayuda de varios profesores especializados. El padre y la hija vivían en estrecha intimidad, animada por una gran ternura: en la casa prevalecía la opinión de la hija. En cambio, la joven ignoraba todo sobre los asuntos monetarios. ¿Eran ricos? No lo sabía.

A veces se daba cuenta de que habían vendido un caballo, un mueble de valor o un cuadro, pero, en cualquier caso, vivían a lo grande, lujosamente instalados —aunque con el servicio restringido— en una gran casa de la orilla izquierda, cuyas ventanas interiores daban al Sena. Detrás había un jardín inmenso y las ruinas de una antigua propiedad señorial, donde sus amigos habían decidido vivir.

De vez en cuando, una herencia arreglaba la situación y volvían a vivir un periodo fastuoso.

El príncipe de Lerne había desempeñado un papel relevante en el mundo diplomático. Mientras era agregado de la embajada en Bruselas, se había casado con una mujer austriaca, que, embarazada de Cora, había viajado a Inglaterra para dar a luz y había muerto durante el parto. Desde entonces, el príncipe se había consagrado a su hija, con la que se había instalado en París. A pesar de los consejos de su amigo, el señor de Camors, al que le habría gustado que se convirtiera en diputado como él, había abandonado todas sus actividades, porque pensaba que no tenía madera de hombre público y carecía de ambición.

Con el pasar del tiempo, Cora comprendió que su padre llevaba una existencia corrupta en la que el juego, los caballos y las mujeres consumían sus recursos. A pesar de ello, su hija seguía estando por encima de todo. Poco importaba si había salido o si había tenido una fiesta la noche anterior: todas las mañanas la llevaba al Bois, donde montaba a diario, y luego comían juntos conversando alegremente sobre los proyectos, los pensamientos y las esperanzas de la joven.

Cora iba pensando en todas esas cosas mientras el coche la llevaba a casa.

Cuando el vehículo se detuvo delante de la puerta y

esta se abrió en respuesta a la llamada del chófer, sintió una repentina angustia. ¿Por qué la había hecho volver el príncipe? A menudo temía que pusiera fin a sus días por el mero deseo de desafiar al mundo, para manifestar un sentimiento de desdeñosa libertad.

El miedo instintivo se acrecentó cuando entró en el dormitorio de su padre: estaba sentado ante su escritorio con aire grave, sellando una carta, que luego dejó bajo un portapapeles. Los «cuatro mosqueteros» lo rodeaban. ¿Significaba eso que también había querido verlos a ellos? ¡Jamás habrían acudido a esa hora si no los hubiera invitado!

Los jóvenes saludaron en silencio a Cora, que se quitó la capa.

—¿Has pasado una buena velada? —le preguntó el príncipe de Lerne.

—Sí, estupenda.

—Siento haberla molestado, pero he de marcharme y no quería hacerlo sin haberla abrazado.

—¿Se marcha?

—Nuestros amigos le explicarán el encargo que les he dado para usted, querida Cora. Pero salgan ahora, necesito estar solo.

Se levantó, abrazó a Cora y la besó en la frente. Acto seguido estrechó la mano a los cuatro hombres, que abandonaron la habitación con la joven.

Esta temblaba conmocionada, porque al pasar por delante de una consola había visto encima una caja familiar que, según sabía, contenía un revólver.

En la antesala se aferró inquieta al conde Hairfall:

—¿Qué le ocurre? ¿Adónde va? Tengo miedo.

—Déjelo, no puede hacer nada por él. Suba a su habitación.

El capitán de Savery terció:

—Sí, no se quede ahí —dijo—, es necesario que...

No tuvo tiempo de terminar la frase. Se oyó el retumbar de un disparo.

Horrorizada, la joven abrió la puerta del despacho del que acababan de salir: el príncipe Lerne yacía inclinado en un sofá, un hilo de sangre resbalaba del agujero que tenía en la sien y su brazo derecho colgaba junto al revólver que estaba en el suelo.

Cora se hincó de rodillas y lo abrazó.

—Mi padre..., mi padre... —balbuceó sollozando.

Después, se desplomó casi inconsciente. Los cuatro hombres, que habían entrado detrás de ella, dijeron turbados en voz baja:

—Está muerto, ¿verdad?

—Sí.

—En cualquier caso, hay que llamar a un médico.

Llorando, Donald Dawson y William Lodge fueron a dar las oportunas órdenes a los criados, que se habían precipitado hasta el dormitorio al oír el ruido.

André de Savery y el conde Hairfall se acercaron a Cora y la ayudaron a levantarse con dulzura.

—Vaya a descansar —le aconsejó Hairfall—. No puede quedarse aquí, pobre criatura. Se van a llevar a cabo varias operaciones dolorosas...

Hizo una señal al capitán de Savery, que estaba junto al escritorio, donde había varias cartas a la vista, agarrando la que se encontraba debajo del pisapapeles para metérsela en el bolsillo.

El capitán se aproximó a ellos y los dos hombres llevaron a la joven a sus habitaciones personales, que se encontraban en el piso de arriba.

—Es horrible —seguía repitiendo Cora con la mirada extraviada cuando la instalaron en un sillón.

Tratando de distraerla, Savery sacó del bolsillo la carta que había cogido en el despacho y se la tendió a Cora al mismo tiempo que le decía:

—Es un mensaje para usted, su padre lo terminó coincidiendo con su llegada. ¿Quiere leerlo? Nos pidió que se lo entregáramos.

Cora lo agarró con avidez y abrió el sobre, donde se podía leer: «A mi hija». Tras enjugarse los ojos, leyó:

Querida hija:

«La vida me aburre, la dejo», así se despidió de su hijo el padre de mi amigo, M. de Camors. No hay otra razón para el gesto liberador que me dispongo a realizar.

Al igual que él, antes de marcharme quiero darle varios consejos que le orientaran en el camino que debe recorrer.

Usted no cree mucho más que yo en los principios establecidos, de manera que la virtud no podrá tentarle, pero, dado que comprende la grandeza del honor, jamás será capaz de actuar con bajeza. La virtud es una divinidad limitada, sus leyes negativas tienen una uniformidad que no considero adecuadas para usted; por el contrario, el honor es individual: deja a cada ser la libertad de decidir su conducta y de elegir los actos que no se ajustan a la moral ordinaria, prohíbe la renuncia y ordena la acción.

Nunca ha dado importancia a la opinión ajena, siga ignorándola cuando le alcance, encerrada en una espléndida torre de marfil, y tenga por única regla la autoestima.

La vida de una mujer es fértil en riquezas y miserias. A diferencia de nosotros, las mujeres carecen de los recursos de la ambición y de las posibilidades que brinda la vida pública. El amor es su único dominio: sálgale al encuentro con valor; es usted muy hermosa, joven, ardiente, le colmará si sabe elegir a un hombre digno de usted.

No estará sola en la conquista de su destino: los cuatro amigos que ha reunido la acompañarán. Consérvelos, apóyese en ellos, por mucho que la sociedad parisina censure una promiscuidad que considera atrevida. Manténgase por encima de su reprobación.

Si le tienta tener alguna experiencia sensual, no dude en realizarla, la mujer es libre siempre y cuando sea la única en juego: ella sola, es decir, su felicidad o su desgracia. Lo único que cuenta es no declinar.

Ahora, en cambio, tengo que revelarle algo que he llegado a intuir por casualidad: creo que uno de sus amigos es el extraordinario Arsène Lupin, cuyo carácter aventurero no me asusta, ¡al contrario! Se oculta bajo un nombre falso, pero no he podido averiguar cuál de sus cuatro amigos es. Obsérvelos, descúbralo, encontrará en él un apoyo inesperado, es un hombre de honor.

Mi querida hija, ha llegado la hora de decirle adiós. No he querido irme sin hacerlo, usted lo habría lamentado siempre; si no le dije nada, fue para evitarle un dolor inútil.

Constrúyase una vida más agradable que la mía.

Me voy satisfecho: ejerzo mi libertad y actúo por voluntad propia, como siempre he tenido por costumbre hacer.

No llore, no llore jamás, es el recurso de los débiles.

Sepa ser feliz.

LERNE

Cora leyó y releyó la carta sin decir una palabra antes de meterla en el cajón de un escritorio. Sentía un extraño alivio y preguntó a Hairfall y Savery, a los que se habían unido Dawson y Lodge:

—¿Conocían sus intenciones? ¿Se las había revelado?

—Sí —respondió Hairfall—. Nos llamó para prevenirnos. Discutimos en vano con él, incluso le suplicamos, pero su decisión era firme.

—Nos habló de sus asuntos y nos pidió que la cuidáramos —añadió André de Savery—. Cuente con nosotros.

—¡Sí! —prometieron todos a la vez—. ¡Cuente con nosotros!

Cora les dio las gracias mientras los examinaba pensando: «¿Cuál de los cuatro será Arsène Lupin?».

II

Setecientos millones en peligro

$\mathcal{L}$a muerte del príncipe de Lerne tuvo una gran resonancia en la sociedad parisina, que lo consideraba un personaje excéntrico, pero brillante y de la más pura nobleza.

Sus exequias se celebraron con gran solemnidad y fueron presenciadas por una multitud. La gente apoyó a Cora, quien, a pesar de estar destrozada por el dolor, sorprendió por su actitud digna y porque no derramó una sola lágrima. En ese momento se ignoraba que en las últimas veinticuatro horas la pobre criatura había desplegado una energía sobrehumana visitando a las autoridades políticas y religiosas para que el funeral de su padre pudiera celebrarse en la iglesia, conforme a las costumbres de su casta, a pesar de que el suicidio se había constatado conforme a la legalidad.

El conde Hairfall y el capitán de Savery la habían ayudado con esas formalidades. Los dos tenían unas relaciones sorprendentes en el mundo oficial y medios secretos para influir en los poderosos. El primero nunca la dejaba sola, salvo cuando salía para hacer algunas visitas que pudieran favorecerla. Por el contrario, André de Savery no solía acompañarla mucho, al contrario Cora se sorprendió al descubrir que, después del entierro, desaparecía durante días y noches enteros. Cuando volvía a verlo después de una de sus ausencias, él respondía de forma elusiva a sus preguntas.

Donald Dawson y William Lodge, por su parte, frecuentaban los bares de moda, donde eran festejados por un grupo de jóvenes noctámbulos. Los jóvenes sibaritas se habían sentido muy afectados por los trágicos acontecimientos de los que habían sido testigos involuntarios, de manera que, para hacer frente a las visiones fúnebres salían más que nunca, siempre inseparables, y no habían tardado en hacerse populares contando con pelos y señales lo que habían visto y oído. De hecho, gracias a sus relatos enseguida se supo que el príncipe de Lerne se había disparado con un revólver y las circunstancias que rodeaban el suicidio corrieron de boca en boca en los clubes nocturnos y los salones.

¿Qué? ¿Había dejado una carta a su hija en la que justificaba su decisión con las mismas razones que había expuesto el padre de su amigo, M. de Camors, al que citaba expresamente? ¡Era inconcebible! Se volvió a hablar de ese libro tan célebre a finales del Segundo Imperio, cuando un novelista en boga había sacado a escena a M. de Camors,[4] y de ahí a nombrar «señora de Camors» a la princesa de Lerne no había más que un paso.

---

4. *Monsieur de Camors,* de Octave Feuillet, publicado en 1867.

Como era de esperar, Cora ignoraba toda esa notoriedad, además de su apodo. Encerrada en el duelo, solo salía para ver al notario y tratar de resolver los detalles de una situación complicada.

Por lo demás, París no se apasiona por la misma cosa durante mucho tiempo, de manera que, apenas se agotó el interés inicial por el escándalo, la ciudad pasó a ocuparse de otro, que estalló oportunamente para desviar la atención.

El 6 de julio de 1922, los periódicos de la tarde publicaron la siguiente información, que había sido telegrafiada desde Londres:

LONDRES. El director del Banco Universal ha declarado que, al entrar en su despacho, se dio cuenta de que le habían robado el borrador de un comunicado que acababa de telegrafiar. Con él avisaba al Banco de Francia de que al día siguiente iba a enviar por avión cuatro millones de libras-oro destinadas a una cuenta particular.

Además, coincidencia inquietante, alguien había escuchado la comunicación telefónica que confirmaba el envío desde la habitación de al lado. El director no ha podido dar más información.

La mañana del 8 de julio, un nuevo comunicado rezaba:

Se han adoptado todas las precauciones para el transporte aéreo de los dos sacos enviados desde Londres. La policía sabe que varias bandas internacionales de ladrones están interesadas en la expedición. Como era de esperar, el señor Arsène Lupin pretende también su parte. De hecho, ha escrito varias cartas explicando cuáles son sus condiciones.

El 9 de noviembre, la prensa se hacía eco de las siguientes declaraciones:

Protesto. Las cartas que se han publicado son, sin duda, obra de ciertos sujetos que quieren comprometerme y desviar la atención de ellos. Les advierto desde ahora mismo que me enfrentaré a ellos y de que, en este asunto y en cualquiera, actuaré a favor de la gente honrada. A buen entendedor, pocas palabras. Firmado: ARSÈNE LUPIN

El 16 de julio volvieron a publicarse varias noticias sobre el asunto:

Anoche registraron que el avión postal que transporta los dos sacos sobrevoló Calais.

En el aeródromo de Bourget se habían desplegado numerosos policías, gendarmes y detectives pagados por el Banco de Francia.

El avión llegó a las diez. A pesar de que no se había producido ningún incidente durante el vuelo, los dos sacos ya no estaban en él.

Más tarde:

ÚLTIMA HORA. Según parece, el avión sobrevoló tan bajo el extrarradio norte que aterrorizó a sus habitantes, encerrados en sus casas.

Y al final:

ÚLTIMA HORA. Los dos sacos han sido hallados en un edificio anexo al estadio de Julainville, entre la Zône y el Ayuntamiento de Pantin. Una decena de guardias a las órdenes de un brigadier de la gendarmería los están vigilando. La tarjeta de Arsène Lupin estaba prendida con un alfiler en uno de ellos, y en ella figuraba la siguiente dirección mecanografiada: «A la cuenta de ahorros de Arsène Lupin. Banco de Francia. París».

III

Revelaciones

Ese día, al volver de un paseo en el Bois, Cora encontró a Hairfall en su pequeño salón, aguardándola con aire grave.

—Mi querida Cora —dijo—, tengo que hablar seriamente con usted.

—¿Seriamente? ¡Me asusta!

—No tiene nada que temer, al contrario, se trata de un asunto que llena de promesas su futuro.

—Le escucho.

El conde Hairfall se arrellanó en su sillón y dijo:

—Para empezar he de decirle que acabo de comprar una propiedad en la periferia de París. Se trata del castillo de Tilleuls, en Julainville, y me gustaría que viniera a pasar allí una temporada.

—¡Será un placer! Pero ¿eso significa que nos abandona?

—No del todo. Viviré entre esta nueva casa y la que el difunto príncipe de Lerne quiso poner a mi disposición en su propiedad.

—¡Ah! Eso me gusta más. ¡Así es perfecto! Pero ¿y ese asunto tan prometedor?

—A eso iba. He de revelarle un secreto: usted piensa que es hija del príncipe de Lerne, pero eso no es cierto, y el príncipe lo sabía. Su madre, que procedía de una gran familia austriaca, era descendiente de la reina María Antonieta. Cuando tenía dieciséis años, conoció y se enamoró de un inglés, el hijo de lord Harrington, pariente próximo del rey de Inglaterra. Los jóvenes se prometieron, pero, por razones políticas, el viejo lord Harrington se opuso a la boda. Entonces su madre se casó con el príncipe de Lerne, al que no amaba. Cuando el viejo lord Harrington murió, su hijo, el antiguo prometido de su madre, a la que nunca había olvidado, volvió a encontrarse con ella. Los unieron los lazos más íntimos, de manera que si la princesa de Lerne dio a luz en Inglaterra, donde también murió, fue porque usted es, en realidad, hija de lord Harrington. El príncipe de Lerne, a quien la muerte de su esposa causó un hondo pesar, la reconoció, la llevó consigo a París y la educó. En cualquier caso, lord Harrington jamás dejó de interesarse por usted; la siguió desde lejos, la conoció durante sus estancias allí, y ahora quiere concederle una fortuna para que pueda casarse de acuerdo con su linaje, con un príncipe inglés pretendiente al trono, el príncipe de Oxford. Soy amigo y emisario de lord Harrington, por eso me uní a ustedes. El oro que acaba de viajar a Francia y que tentó a los ladrones —como habrá sabido por los periódicos— es suyo. Se lo entregaré si consigue llegar a buen puerto. Además, me siento en la obligación de decirle esto para que esté prevenida: en el castillo de Tilleuls se encontrará con el príncipe de Oxford y, si acepta su proposición, quizás un día se convierta en reina de Inglaterra.

Cora había escuchado imperturbable la historia. Soñaba. ¡Menudo destino! Pero, por encima de todo, sentía cierto temor al pensar en los enemigos invisibles que la acechaban para apoderarse de un tesoro cuya existencia acababa de conocer. De cualquier forma, sus amigos sabrían defenderla, a menos que algunos de ellos tuvieran que cumplir también una misión secreta relacionada con su persona, como era el caso del conde Hairfall. Sentía que unos poderes desconocidos, quizá contradictorios, la asediaban para entregarle, o disputarle, la fortuna y la felicidad. Más que nunca, debía estar atenta, observar y no fiarse de nadie.

¿Quién prevalecería?

IV

El Zône-Bar

$\mathcal{L}$o que llaman la Zône —es decir, la especie de terreno donde antaño se erigían las antiguas fortificaciones que rodeaban París— es una región caótica de vicio y miseria en constante transformación. Olas de basura que avanzan y retroceden, playas de inmundicia y residuos donde proliferan las chozas, los barracones, viviendas inconcebibles donde pulula una población de ropavejeros, vagabundos y forajidos, un compromiso entre civilización y barbarie.

El pico de los demoledores está limpiando en la actualidad este foco de pestilencias, pero en 1922 la pobre gente encontraba allí un refugio barato. El vicio y la virtud se codeaban, la solidaridad iluminaba en ciertas ocasiones la sombría escena con su rayo de caridad, y las bandas de niños andrajosos que se revolcaban en el barro y los charcos de agua maloliente conseguían, gracias al aire violento que barría los miasmas, convertirse en adultos más o menos sanos.

Nada puede ser más sucio y melancólico que los alrededores de Pantin, un barrio triste del norte de la capital que tiene como estigma ignominioso el recuerdo del espantoso Troppman, el «monstruo de los ocho crímenes».

Como mucho, en ocasiones es posible encontrar un pequeño oasis en la zona de ciénagas y barros que forman la península de Gennevilliers, al abrigo del bucle del Sena. Los árboles siempre triunfan sobre los escombros y los vertederos. Las hojas verdes purifican el aire, absorben el polvo y los humos fétidos, y, de cuando en cuando, aparece en algún lugar un pedazo de jardín, un pequeño prado, un arriate de flores, una maceta de geranios o de reseda, o una frágil cortina de guisantes de olor.

72

De esta forma, un día nació bajo el sol el Zône-Bar, que se erige orgullosamente en medio de un recinto de bojes y aligustres. Para entrar en él se atraviesa una barrera blanca de postes de la que cuelgan amistosamente una bandera tricolor y una roja.

En el interior hay una gran sala, cuyas paredes, recién pintadas de blanco satinado, imponen la limpieza a los parroquianos, y cuyas mesas de castaño claro brillan como espejos. En la barra de cinc, los frascos de cócteles sin destapar demuestran que la clientela del Zône-Bar desdeña las importaciones de ultramar y prefiere las bebidas francesas tradicionales, el *P'tit Bleu* que hace cantar y el *tord-boyaux*, un aguardiente con un nombre que constituye por sí solo un programa.

Esa noche, el bar se estaba vaciando. Solo quedaba un puñado de hombres: el padre La Cloche, que apuraba su aperitivo en un rincón y, delante de él, rodeando una mesa, el «trío de asesinos», cuyos hombros casi se rozaban, sosteniendo tres cabezas desgreñadas, casi pegadas.

Los terribles criminales se habían salvado en más de una ocasión del castigo supremo, habían escapado varias veces de los trabajos forzados y ahora vivían juntos, alejados de la gente, al margen de la ley, feroces, sin sentir remordimientos ni piedad, duros consigo mismos y sobre todo con los demás, vendiendo sus servicios y dispuestos a satisfacer cualquier necesidad.

Fouinard era el cabecilla de la banda, a la que de vez en cuando se unían unos veinte hombretones tan peligrosos como ellos; Fouinard, de figura pálida y siniestra y rostro de decapitado, dominaba a sus compañeros por su audacia, inteligencia y astucia, unas cualidades que les permitían salir bien parados de las circunstancias más graves. Pousse-Café, apodado «el favorito de las damas», adornado con unos rizos melindrosos y con la tez ocre, como una hija de África, aportaba a la asociación la colaboración de numerosas mujeres, que ofrecían en las horas críticas el refugio de sus alcobas, comida y, por encima de todo, bebida. Pero el más terrible de los tres, con cara de hipopótamo, apariencia de oso enjaulado y aire grosero, era el gigante Double-Turc, que debía su nombre a un chiste habitual: «¿Qué es más fuerte que un turco?». Respuesta: «Dos turcos». Un apodo que le habían atribuido de forma definitiva. Tal era así que él mismo escribía Double-Turc cuando firmaba en los registros de la cárcel.

73

Esa noche, los tres señores estaban empinando el codo. Alineaban las botellas vacías y, como solían tener por costumbre, escupían al suelo y se sonaban con los dedos.

De repente, Fouinard se volvió y llamó al padre La Cloche con un ademán.

—Ven, no estarás de más.

Le pidieron un *bock*.

El padre La Cloche, que tenía un semblante bonachón y triste, en equilibro sobre un tronco propio de un luchador de feria, se unió al trío y les preguntó:

—Veo que me necesitáis, ¿eh, compañeros?

—No.

—¿Entonces?

—Necesitamos tu cobertizo.

—¿Receptación?

—Receptación momentánea…, apenas una hora.

—¿Mucho que repartir?

—¡Bah! Cien unidades.

—¿Cien mil francos?

—Al menos cien millones.

—¡Imbécil!

—El imbécil es el inglés del avión postal que anoche tiró aquí los dos sacos de oro que estaban destinados al Banco de Francia —respondió el otro.

—Y como el representante del Banco de Francia en la Zône es el señor Fouinard, este quiere cobrar, ¿me equivoco?

—¡Tengo el deber de no dejar nada tirado por ahí! ¿Hay unos sacos rotos? ¡Nos ocupamos de ellos! Double-Turc los llevará hasta una barcaza de motor que está anclada en el Sena y los cuatro nos largaremos con ella. Nadie se dará cuenta.

—Tres kilómetros a pie con ese peso es duro.

—Por eso pararemos en tu casa por el camino, La Cloche, en el cobertizo de la fábrica de ladrillos, para recuperar el aliento.

—¿A qué hora?

—A medianoche.

—En ese caso, tengo que volver para cenar y acostar a los niños, para que estén tranquilos; tengo siete, unos traviesos que lo ven todo.

—¿De acuerdo entonces?

—Dado que compartimos, de acuerdo.

—Hecho. Solo espero —comentó Fouinard— que no nos la juegues mientras los sacos están en tu casa.

El padre La Cloche parpadeó. Fouinard había adivinado lo que estaba tramando. Double-Turc se rio, se subió la manga derecha y, mostrando sus bíceps, bromeó:

—¿Qué puede hacer La Cloche contra esto? Si rechista, lo machaco.

La Cloche se inclinó hacia ellos.

—¿Me machacas? Acepto.

De repente, se levantó, fue rápidamente hacia la ventana y la cerró. Le había parecido ver a alguien. De hecho, divisó a través del cristal una sombra que se escondía en una arboleda y que luego echaba a correr como un rayo. Había tenido la impresión de que la sombra era, en realidad, su hija mayor, Josépha. Pero ¿qué podía haber ido a hacer allí Josépha? Además, ¿por qué los había escuchado a hurtadillas? ¿Significaba eso que no estaba en el cobertizo preparando el estofado para la noche?

—Me voy —dijo—. Cuando estéis a punto de llegar, me silbáis, ¿eh?

Se marchó alegremente, en la noche sombría atravesada de nubes cargadas de lluvia.

Al cabo de diez minutos, empujó la cerca de un gran terreno, al fondo del cual se erigía el cobertizo donde se apiñaba la familia La Cloche. En realidad, eran las ruinas de una antigua fábrica de ladrillos que sus propietarios habían abandonado. En las ventanas, las luces iban y venían. Se frotó las manos: siempre se sentía feliz de volver a casa. A derecha e izquierda de la oscura avenida se alineaban las cabañas reservadas a los trapos y los sórdidos botines de la ronda cotidiana.

El padre La Cloche, un hombre de unos sesenta años, corpulento, de aire afable y simpático, pero destrozado por el alcohol y el libertinaje, era un personaje respetado en la Zône por la situación económica que se le atribuía y por sus relaciones con la policía. Se había casado siete veces con unas criaturas agradables, que habían sido seducidas por el aficionado al bello sexo, adulador y fanfarrón. Las había obligado a trabajar como esclavas y no podía haberlas hecho más infelices.

—Cuestión de principios —decía—. Hay que dar leña a esas jovenzuelas. Eso las hace reír, y así te las puedes tirar hasta el hartazgo. Si no, el vecino te roba la llave de la bodega y se emborracha con los barriles.

Las siete mujeres habían desfilado sin que hubiera sido posible precisar en ningún caso la causa de la muerte o la fecha exacta de la desaparición. De ahí los rumores que circulaban por la Zône, las investigaciones judiciales y, en ocasiones, incluso las autopsias.

—¿Qué quieren que les diga? —lloriqueaba él—. No soy médico. Ernestine murió de un resfriado, y Gertrude, de un callo en un pie. ¿O fue al contrario? No sé más.

—Sea como sea, ¿les pegaba?

—Por supuesto, si no, el vecino se sube al taxi.

Por otra parte, ¿cómo podían sospechar del hombretón que se enternecía y sollozaba apenas alguien contaba delante de él una historia melancólica? «Lágrima fácil —decían los compañeros de él— sería incapaz de matar a una mosca. Si ve una en un vaso, prefiere tragársela a hacerla sufrir. Tiene el corazón y la bondad de un ternerito.»

La Cloche había tenido siete hijos de sus siete mujeres. Cuatro niñas: Josépha, Charlotte, Marie-Thérèse y Antoniette. Y tres niños: Gustave, Léonce y Amédée.

—Lo único que me preocupa —decía— es que me hago un lío con los siete. ¿De quién es Josépha? ¿Y Léonce? No consigo acordarme. Debería haber grabado las cifras en la frente de las madres y numerado a los críos, igual que se hace en los guardarropas. Así no se pierde nada. Además, creía que tenía tres hijas y cuatro hijos, y resulta que son cuatro y tres. En cualquier caso, el resultado es siete, más que suficientes. Da igual, hay barullo y eso me atormenta.

—¿Está lista la sopa? —grita al entrar.

Josépha llega corriendo desde la cocina con un trapo en la mano.

—Sí, papá, voy a poner la mesa con Amédée.

La Cloche le da un pellizco en una oreja.

—¿Qué hacías hace un rato bajo las ventanas del Zô-ne-Bar?

—¿Yo? —masculla la joven, desconcertada—. ¿Yo? No me he separado de la comida ni un momento. Ahora ve-rás..., un estofado *bourguignon* de primera.

Para poner el mantel apartó los libros de texto y los cuadernos que cubrían la mesa. Su padre los hojeó ma-quinalmente y gruñó furioso, irritado:

—¡Charlotte, ven aquí! ¡Rápido!

Una muchachita menuda, de unos catorce o quin-ce años, con una figura adorable, pero delicada, se acer-có alarmada.

—¡Manchas de tinta en tu historia santa, Charlotte! ¡Qué desastrada eres! ¡Dame el látigo!

La niña descolgó de la pared un instrumento compues-to de cuerdas de cuero. Temblaba.

—Quítate la blusa.

Charlotte obedeció dejando a la vista un cuerpo enclen-que, donde los huesos parecían querer agujerear la piel.

—¡De rodillas!

—Papá, querido papá, no muy fuerte. No estás obli-gado a hacerme daño.

—¡Inclina la cabeza y cállate!

La Cloche levantó el brazo, pero no la azotó. Se que-dó inmóvil, con el látigo en la mano. La hija mayor se había interpuesto entre él y la pequeña.

—¿Qué haces ahí, Josépha?

—Te prohíbo que toques a Charlotte.

—Vete. En esta casa mando yo.

—Te lo prohíbo. Está enferma. La estás matando con tus golpes. ¡Estoy harta! Todos estamos hartos, ¿verdad?

Se dirigía a sus hermanos y hermanas, que no se movían ni se atrevían a tomar partido.

El padre levantó más el brazo. Josépha, empuñando un revólver que nadie sabía de dónde había sacado, dijo:

—Si la tocas, te mato, papá.

La hija mayor de La Cloche hablaba siempre así, con firmeza.

—Tengo que enseñarle a ser limpia —respondió él.

—Pero sin pegarle. Es fácil que una niña haga manchas. Golpéame a mí si eso te divierte, ella lo comprenderá mejor y estará más atenta.

—¿Hablas en serio? ¿Te vas a quitar la blusa y te vas a arrodillar?

—¿Por qué no?

Los ojos del hombre brillaron.

—Desvístete.

Josépha se desabrochó el cuello y, luego, lentamente, el jersey que llevaba puesto.

—¡De rodillas! ¡De rodillas! Y suelta el revólver.

La joven obedeció.

Se quitó el jersey con gesto tranquilo, dejando al descubierto su espalda blanca, tan suave a la mirada como el satén.

—¿Estás lista?

—Adelante, te juro que no protestaré.

El látigo la azotó por primera vez.

Josépha se estremeció y se encaró de nuevo con él extendiendo los puños.

—¡La verdad es que no! ¡No y no! A mi edad uno no se arrodilla y se deja azotar así. ¡Eres una bestia!

La Cloche no se movía, encolerizado, miró aturdido el torso del adolescente y murmuró:

—¿De manera que no eres una mujer? ¿Eres un chico, Josépha?

—Pues sí, un chico..., su verdadero nombre es Joséphin. Todos lo saben, mamá también lo sabía, ¡caramba!

El padre balbuceó:

—Tu madre..., ¡menuda zorra!

Recibió una fuerte bofetada. Sofocado, jadeó:

—¡Ah! ¡Ah! ¡Ella sí que está tiesa! —dijo, y a continuación añadió—: Menuda zorra.

Segunda bofetada, acompañada de las siguientes palabras:

—Orden de mi madre..., mi querida madre, ni siquiera sabes cómo se llamaba. Era Angélique, la más guapa de todas. Una madre cariñosa, que me abrazaba a escondidas y que me dijo: «Crecerás como si fueras una niña para que no te obligue a trabajar duro. Más tarde, cuando seas más fuerte y fornido que él, dale un buen sopapo si te toca o si toca a uno de tus hermanos. En una ocasión, yo le rompí una sopera en la cabeza. ¡Y no rechistó! Haz lo mismo. Después, serás el amo. Es un cobarde».

La Cloche se había cruzado de brazos. Le entusiasmaba la idea de luchar con ese jovenzuelo. ¡Menuda revancha! ¡Inmediata y total, por si fuera poco! Sonrió y cogió el revólver.

—Deja eso, papá. No se trata de matarnos, sino de que recibas una corrección.

Pero, dado que el otro insistía y le encañonaba, Joséphin dio un salto y alcanzó el puño cerrado con la punta del zapato, de forma que el revólver cayó al suelo.

—¡Maldición! —refunfuñó La Cloche—. ¡Eso no es reglamentario!

—Vamos, papá.

—Vamos, entonces —dijo el padre agarrando a Joséphin y apretándole el pecho con todas sus fuerzas, como si quisiera destrozarlo.

Se rio de buena gana.

—Creo que vas a reventar, niño. Pide perdón a tu padre y te suelto.

—¿Pedir perdón? ¿Yo?

Joséphin le golpeó. El viejo masculló:

—¡Ah, maldito! ¿Qué golpe me has dado? Me has roto el brazo.

—De eso nada…, no te he roto nada; como mucho, puede que te haya desgarrado un músculo.

—¡Por todos los demonios! ¡Tienes tus trucos!

El hombre gritaba de dolor, con el brazo inerte, colgando a lo largo del cuerpo. Miró a Joséphin. El adolescente tenía un cuerpo implacable y unos ojos feroces.

—No será nada, papá —afirmó el muchacho—. En un primer momento, sí, no es divertido, pero basta una fricción dulce, en el sentido correcto, y lo olvidarás. Déjame que me ocupe yo. ¿Ves? Ya está.

Dicho esto, abrazó con afecto al viejo y le dijo al oído:

—Sin rencor, papá, y no vuelvas a empezar. Podríamos llevarnos bien. Todo depende de ti. ¿Por qué nos maltratas?

La Cloche se iba calmando. Al final, cedió.

—De acuerdo, echa el látigo al fuego. En cuanto a tu madre, la guapa Angélique, no la pongas en un pedestal. Podría contarte algunas cosas que te harían inclinar la cabeza, hijo.

—Supongo a qué te refieres, papá. Ella te engañó. ¡Bien hecho, mamá! ¡Así me gusta, Angélique!

—Es peor que eso...

—¿Quieres decir que no eres mi padre? ¡Ah! ¡Dímelo, papá, no sabes la alegría que me darás!

Joséphin se acercó a La Cloche y, bajando aún más la voz, le dijo con crueldad:

—¡Se acabaron las calumnias! Yo también sé demasiadas sobre ti. Si llamo a la justicia y les pido que registren cierto cajón secreto y analicen los polvos blancos que encontrarán en él, quizá puedan explicar por fin no solo la muerte de mi madre, sino todas las demás, de una forma que te incomodaría un poco, ¿no? Pero olvidémoslo. Es suficiente que sepas que te tengo pillado y que es preferible que nos llevemos bien. ¡A buen entendedor, pocas palabras bastan! ¡Y recuerda que el jefe soy yo! Me obedecerás como los demás. Dicho esto, voy a arropar a los niños.

El viejo había palidecido. Se mordía los labios y apretaba los puños, conteniendo a duras penas la cólera. Con todo, al final logró dominarse. Ese niño tan despiadado lo aterrorizaba, pero, llegado el momento, sabría desquitarse.

V

Cocorico

En el preciso momento en que en la Zône de Julainville se cometía un robo, un crimen o una fechoría cualquiera, los jueces, la policía, las autoridades municipales y la población dirigían sus miradas hacia el trío de asesinos. Su pasado de reincidentes contumaces y su manera de vivir contribuían a que las sospechas recayeran inmediatamente en ellos.

A las nueve de la mañana, ya todos sabían que se habían reunido en el Zône-Bar la noche anterior, que luego se habían encaminado hacia el edificio anexo donde habían caído los sacos y que, a pesar de la vigilancia de cuatro gendarmes y media docena de detectives pagados por el Banco de Francia, los sacos habían desaparecido. Del pequeño grupo que estaba de guardia solo quedaban tres hombres: mientras Fouinard y Pousse-Café se llevaban el tesoro, el famoso Double-Turc había asesinado a los demás a golpes de garrote.

—¿Reconoció al gigante? —preguntaron las autoridades a los supervivientes.

—¡Diantre!

—¿Reconocería a sus cómplices?

—Con dificultad.

Los jueces adoptaron las disposiciones oportunas. Había llovido durante la noche, de manera que era fácil seguir las tres huellas en el camino embarrado que llevaba al bar y que se alejaba de él. Estas conducían al terreno donde se encontraba la fábrica de ladrillos. Los investigadores entraron en ella y llamaron a la puerta del taller, donde fueron recibidos por los niños, que los invitaron a entrar. Encontraron a La Cloche tumbado en el suelo, en medio de la sala, amordazado y atado con cuerdas a la base de la columna central.

—¡Los muy bandidos! ¡Miserables! —gritó cuando lo liberaron—. Me llamaron y me dijeron que saliera. Me pidieron que les guardara los sacos mientras iban a buscar refuerzos a una barcaza que estaba amarrada en el Sena, al fondo de la avenida. Me negué. Entonces me golpearon y me ataron con estas cuerdas. Estaba enfurecido.

—¿Quién le ató y lo trajo hasta aquí?

—No lo sé.

—¿Dónde cree que están ahora?

—En la barcaza.

—¿De manera que lo único que debemos hacer es seguir sus huellas?

—Sí, río abajo. Un barco de vapor los está esperando.

No fue tan sencillo. No encontraron las huellas de los tres hombres, sino otras que no se parecían en nada a las que los habían llevado hasta el cobertizo. En cuanto a la barcaza que había desaparecido, un gendarme en motocicleta la encontró media hora más tarde en las inmediaciones de Pontoise. El trío de asesinos no estaba a bordo, tampoco los sacos.

Cuando, al regresar, el gendarme refirió su hallazgo, el padre La Cloche y sus siete hijos, entre los que se encontraba Joséphin, que lucía un bonito traje nuevo que resaltaba su fina cintura y sus anchos hombros, estaban desayunando, atentos a lo que planeaban los jueces.

De repente, más allá del bar, en dirección al Sena, resonó el canto estridente y vibrante de un gallo, que no guardaba ninguna proporción respecto la llamada de una gallinácea ordinaria. El prodigioso clamor se difundió en el espacio, reverberó en las colinas próximas y regresó en forma de eco apenas atenuado.

¡Cocoricó!

Con un movimiento idéntico, similar a los gestos de un ejercicio ejecutado con disciplina militar, los siete hijos de La Cloche se irguieron. Un segundo «¡Cocoricó!» se elevó en tono aún más triunfal. Los niños temblaron. Al tercero, saltaron como si unos muelles los hubieran proyectado fuera del edificio por las puertas y ventanas, que abrieron de golpe.

Y todos se precipitaron hacia la Zône de Julainville, unos por un camino, otros por un sendero, otros atravesando un prado, un jardín o terrenos baldíos, pero todos en la misma dirección, corriendo como el rayo, con el deseo evidente de llegar lo antes posible a la meta.

Pero ¿qué meta? ¿La explanada de hierba quemada a la que Joséphin llegó medio minuto antes que los demás, saltando la valla blanca que la rodeaba? En lo alto de un montículo había un hombre aún joven, vestido de forma deportiva con unos pantalones cortos, sacando pecho, con los brazos desnudos y aire de antiguo oficial; lucía un gorro ribeteado y una chaqueta de color caqui con los botones dorados.

Joséphin llegó a su lado y le tendió las manos. El hombre las tomó entre las suyas y los dos se miraron fijamente.

—Joséphin —dijo el hombre—, por tu expresión veo que el duelo se ha celebrado.

—Sí, no fue demasiado duro.

Joséphin le contó lo que había sucedido con La Cloche, pero, al ver que se iba animando, el hombre lo interrumpió:

—¡Para ya!

—Pero aún tengo que contarle lo más interesante, jefe.

—¡Lo sé ya, demonios! ¿Cuál es la esencia de mi método? No perder jamás la sangre fría, saber dominarse. Nada de manifestar emociones ni hablar con voz trémula. Los ojos serenos, la voz sosegada. ¿Me has entendido? A buena hora. Pero ahora sonríe. Perfecto. Y cuéntame. ¿Qué te dijo ese tipejo?

—Que mi madre no era irreprochable.

—¿Y tú qué le respondiste?

—Que era mejor así.

—¿Eso es todo?

—No, me dio a entender que no soy hijo suyo.

—¿Y tú qué le contestaste?

—¡Ay, papá, si eso fuera verdad!

—Fantástico.

—Pero, entonces, capitán, si él no es…, ¿quién puede ser? ¡Usted debe saberlo! Dígamelo, se lo ruego.

—No debemos pronunciar palabras demasiado precisas, Joséphin, tenemos que pensar y actuar movidos por el corazón.

Los niños seguían llegando solos o en grupos. De vez en cuando, el capitán hacía una llamada apasionada y los grupos de adolescentes y niños acudían de todas partes, escalaban la valla y se arracimaban alrededor de los postes donde estaban las pancartas e indicaciones para el reagrupamiento: «Las muchachas blancas», «Los cazadores de cabelleras», etc.

Dos hombres habían entrado también. Seguidos por los gendarmes y los detectives, se aproximaron en silencio al montículo donde se encontraban el capitán y Joséphin, quienes, inmóviles, no parecían ver a nadie al margen de sí mismos. Con gran dulzura, en un impulso contenido, se estrecharon la mano y el jefe alzó el brazo bien alto. Se elevó un clamor inmenso, seguido, a continuación, de un silencio recogido, de espera, de alegría anticipada, hasta que, de repente, se oyeron las órdenes del capitán, articuladas en sílabas duras e imperiosas, que doblaron e irguieron los cuerpos en un ejercicio de cultura física, semejantes a espigas maduras en un campo, plegándose y enderezándose con las oleadas de una tormenta de viento y lluvia.

—¡Re-po-so!

Todos se echaron al suelo. Pasado un instante, los ejercicios se reiniciaron. Una nueva orden de reposo y los niños se acuclillaron al estilo árabe y escucharon las breves palabras que pronunció el jefe con su voz autoritaria.

—Mis queridos niños, cuando terminan los ejercicios que realizáis todos los días con una fe y una alegría que os agradezco, empieza la vida particular de cada uno, que debéis vivir con el mismo entusiasmo, gravedad y atención apasionada. Sois los únicos responsables de lo que hagáis hoy. No creo que sea posible hacer a diario una buena acción, pero sí que podéis actuar siempre por vuestro interés, salud y dignidad personal. No importa lo jóvenes que seáis, tenéis que defenderos contra los que tratan de humillaros o reduciros. Si os causan algún daño, debéis ser indisciplinados. Si uno de vuestros padres se propasa y os pega, rebelaos, quejaos al primero que veáis: los niños no deben ser desgraciados por culpa de los que tendrían que hacerlos felices. Si nadie os escucha, venid a verme. No solo soy el instructor que se ocupa de la elasticidad de vuestro cuerpo, soy también quien os asiste, protege y quiere. Hasta mañana, mis queridos niños.

90

La salida fue tan ordenada como tumultuosa y espontánea había sido la llegada. Los niños parecían seguir el camino que tenían asignado. No saltaron las cercas, sino que las franquearon en los puntos en los que bastaba empujar un poco para abrirse paso. Al final, en la amplia explanada solo quedaron los dos jueces escoltados por la policía. Todos estaban inclinados, mirando al suelo, como si estuvieran buscando algo. La exploración los llevó a los pies del montículo central.

El capitán les salió al encuentro y le preguntó al que tenía aspecto de ser el que ostentaba el mando:

—¿Qué ocurre, señor? No sé si sabe que esto es una propiedad privada.

—Disculpe, creíamos que era un terreno municipal. Soy el señor Fourvier, el juez de instrucción encargado por el ministerio fiscal del Sena de investigar el caso de los sacos de oro que cayeron de un avión inglés. Estos son mis colaboradores, entre los que se encuentra el fiscal de la República.

El capitán dijo:

—He oído hablar de los sacos, en efecto. ¿Es cierto que han desaparecido?

—Sí, igual que los presuntos ladrones, unos criminales peligrosos. Hemos encontrado sus huellas.

—¿Y esas huellas los han traído hasta aquí?

—Justo aquí, al lugar donde me encuentro.

Los compañeros del juez se habían acercado y habían rodeado al capitán, que los observó sorprendido y se echó a reír:

—Lo que me lleva a pensar, señor juez de instrucción, que los dos sacos y los tres ladrones se han esfumado, dado que, aparte de ustedes y yo mismo, no veo nada, ni sacos ni individuos sospechosos.

El juez insinuó:

—No, pero las huellas siguen por detrás de usted, señor, por el camino excavado que desciende hacia la puerta de hierro de una especie de casamata que puede ver desde aquí.

—Es una casamata de la época galorromana que se usa de vez en cuando como bodega para el vino.

El capitán se hizo a un lado para dejar pasar a los jueces. El señor Fourvier fue a examinar el tugurio, construido con ladrillos y mampuestos. Cuando regresó, examinando atentamente las huellas de pasos, dijo:

—Se oye ruido en el interior, voces, quejidos.

—Quizás haya encerrado ahí a los tres ladrones —dijo el capitán.

—Sea como sea —precisó el señor Fourvier—, las tres pistas acaban allí y la cuarta no pertenece a unas botas gruesas, sino a unos zapatos elegantes, finos, de talla inferior a la media.

—Supongo que le gustaría, señor juez, comparar esas huellas con mis zapatos.

Sin esperar respuesta, se dirigió hacia el camino excavado y puso un pie la huella que le indicaron: la forma y el tamaño correspondían exactamente.

Dos detectives lo flanquearon de inmediato y uno de ellos le ordenó:

—¿Tiene la llave?

El capitán le tendió una gruesa llave oxidada con la que el gendarme abrió fácilmente la puerta de hierro. En el interior, tres hombres apiñados discutían: eran los «tres asesinos».

El gendarme los hizo salir.

Apuntando un puño hacia el capitán, Double-Turc gruñó:

—Este es el cabrón que nos atrapó cuando llegamos a la barcaza. Lanzó una cuerda con un nudo, con la que me sujeto el cuello. Lo reconozco.

—¿Estás insinuando que yo solo os atrapé y os traje hasta aquí a los tres? —preguntó el capitán riéndose.

—¡Demonios! Me puso un nudo corredizo en la garganta, solo debía tirar. Los otros fueron inmovilizados por unas manos invisibles. Fouinard y Pousse-Café llevaban los sacos. Nos quitó el oro cuando cerró la puerta.

—¿Y vosotros me lo permitisteis, tres contra uno?

—¡Qué remedio! Tiene medios muy especiales para conseguir que lo obedezcan, alfileres para clavarlos en la piel, tenazas para romper los brazos. Uno camina aunque no quiera.

Deslizándose entre él y la pared del camino excavado, el señor Fourvier murmuró con brusquedad:

—¿Qué ha hecho con los sacos?

—¿Es posible que dé crédito a lo que dice ese miserable, señor juez de instrucción? ¿De verdad piensa que yo solo pude vencer a ese coloso y a sus dos cómplices?

—Me parece difícil, pero la astucia suele poder con la fuerza. ¿Quién es usted, señor?

—¿Estamos en un interrogatorio?

—No tiene por qué responder si no quiere.

—No tengo secretos para nadie, señor juez —dijo y, a continuación, añadió—: Soy el capitán André de Savery, oficial de reserva, benévolo instructor de los grupos escolares de la periferia septentrional de París, donde me conocen con el apodo de capitán Cororico.

—¿Domicilio?

—Aquí.

—¿En esta casamata?

—No, en la hamaca colgada entre dos sauces, encima del tronco que uso como mesa y donde puede ver mi petaca y dos camisas puestas a secar.

—¿Y si llueve?

—Si llueve, me tapo con la manta de caucho.

—¿Y si llueve a mares?

—En ese caso, me acuesto allí, bajo un bastidor de cristal.

—No me parece muy cómodo.

—Pero es muy higiénico.

—¿Profesión?

—Arqueólogo, urbanista, conferenciante, pedagogo.

—¿Y eso qué le reporta?

—¡Honor! Soy un hombre sensible. En primer lugar, como arqueólogo me apasionan los monumentos y las obras de la época galorromana. Yo fui el que volvió a trazar el campamento romano de Jublains en la Mayenne y el que reconstruyó el antiguo teatro de Lillebonne, al igual que los diferentes pueblos que erigió el emperador Juliano en las inmediaciones de París y en Normandía. Atraído por el nombre de Julainville, vine aquí y descubrí los vestigios de un recinto fortificado alrededor de este terreno, así que lo compré y excavé en las ruinas del montículo donde nos encontramos ahora. Entonces apareció la casamata central de este *oppidum*, un lugar secreto donde los conquistadores escondían los depósitos de armas y sus riquezas.

—¿Y usted se apoderó de...?

—¿De las riquezas? Por supuesto, unos quinientos mil francos de polvo de oro. Los dividí en tres partes, un tercio para mí, otro para el antiguo propietario y el último para el Ayuntamiento. El arreglo fue aprobado por el Consejo de Estado, de manera que estoy en regla, señor juez, soy una persona inatacable, más honrada de lo que habría sido en mi lugar un auténtico hombre honrado. Pero eso no es todo. En segundo lugar, soy urbanista.

El capitán Cocorico cogió del brazo al señor Fourvier

y paseó con él por la parte de la Zône que se extendía entre su terreno y el río.

—Es increíble cuánto ha cambiado —exclamó el juez—. Siempre estaba sucio, asqueroso, en un estado lamentable; en cambio, ahora está limpio, incluso es agradable.

—¡Urbanismo! Señor juez, créame, es muy estimulante crear cosas nuevas a partir del vicio y la ignominia; casas alegres, pintadas con colores bonitos y variados, en lugar de asquerosos tugurios; el suelo limpio, calles y aceras donde antes se amontonaban las chabolas de cartón alquitranado y ondulado, donde fermentaban los charcos de barro, las mondaduras, los excrementos y los animales muertos. ¡No sabe con qué alegría diseño las calles, las trazo con tendel, excavo la tierra, alineo los acueductos, las canalizaciones, las aceras, pongo faroles de gas, preparo una red eléctrica, planto árboles, reservo espacios para un jardín público, para una sala de fiestas, para un templete de música, para viviendas destinadas a los trabajadores cuyos recibos, jamás presentados al vencimiento, amarillean en un cajón!

—Pero ¡todo eso cuesta una fortuna, capitán!

—¡Más aún, señor juez!

—¿Significa eso que sois rico?

—¡Más aún, señor juez!

—¿Cómo puede hacer frente a todo?

—No puedo. A pesar de ser muy rico, estoy casi arruinado.

—¿Entonces?

—Entonces, robo.

95

VI

Un hombre singular

—¿*R*oba usted? —repitió el juez estupefacto.

—Con otro nombre. Tengo dos personalidades, una se llama André de Savery, la otra…

—Arsène Lupin —lo interrumpió el juez.

—Algo así —confesó el capitán Cororico—. Arsène Lupin, agregado como consejero técnico al gabinete particular del jefe de la policía, como arqueólogo y urbanista al Ministerio del Interior, como instructor en los ministerios de Educación Pública y de Higiene, como hombre honrado en el Ministerio de Justicia. Un bonito final de carrera, ¿no le parece, señor juez de instrucción?

—Me dijeron que Lupin había muerto.

—Lupin puede, yo no. Es realmente estúpido morir en la flor de la vida.

—¿Qué edad tiene usted?

—Cuarenta años —contestó fríamente André de Savery—. Y estoy en la plenitud de mis fuerzas, tengo dos o tres profesiones apasionantes, dinero para robar…

—Pero ¿qué hace cuando no tiene dinero?

—Me llevo el oro. Por eso solo he declarado la mitad del polvo que encontré en la casamata.

—¿Y tiene proyectos, planes?

—Admirables.

—¿Tiene usted los sacos?

—Me temo que sí.

—¿Y si le detienen y una empresa de ingeniería excava el terreno?

—Perderán el tiempo. Si me arrestan, me escaparé y vendré a reclamar mi propiedad. En cualquier caso, usted no me arrestará. Sus superiores lo desautorizarían.

—Un juez de instrucción no tiene superiores, capitán.

Se levantaron, desafiándose con la mirada. El juez de instrucción dijo lentamente:

—En cualquier caso, ¿qué pasaría si le detuviera? Su situación social y judicial no puede ser tan sólida como usted piensa. Una vez en la cárcel, acusado por mí de haber robado y ocultado setecientos millones de oro, dejaría de ser el personaje inaccesible que era cuando nadie se atrevía a atacarle. ¿Y si yo me atreviera a hacerlo?

El capitán reflexionó unos segundos. La amenaza era seria. Se dirigió con presteza hacia la casamata, de la que regresó enseguida con un aparato telefónico conectado a un largo hilo. Se lo tendió al señor Fourvier al mismo tiempo que le decía:

—He llamado y me han pasado con la jefatura de policía. El jefe está al aparato.

El juez agarró el teléfono mientras Savery se alejaba por discreción.

Al cabo de unos segundos, el señor Fourvier se acercó a él y le dijo sonriendo:

—No solo me han informado sobre usted, capitán, además han manifestado una admiración sin límites, más por su conducta que por sus méritos, que, de todas formas, son incomparables. Por lo visto, salvasteis Marroco durante la guerra. Además...

André de Savery asintió con la cabeza.

—Según parece, un tal Lyautey también estuvo allí, él es quien ha confirmado sus hazañas.

—El mariscal es muy modesto.

—Usted también, capitán. Por lo visto...

—Resumiendo, señor juez.

—Resumiendo, me han aconsejado que confíe en usted como en un colaborador capaz de alcanzar cualquier fin con los medios más seguros y legítimos, por barrocos que puedan parecer en un principio.

—Entonces, ¿nada de orden de detención?

—En absoluto, solo me han puesto un objetivo que usted se niega a admitir.

—¿Qué objetivo?

—¡Devolver los sacos!

—¿A quién, señor juez? ¿Al Banco de Francia? ¿Al de Inglaterra?

—No, capitán, a la persona que quiso que, a pesar de las opiniones en contra, los sacos fueran enviados por avión de un banco a otro, un tal lord Harrington.

En ese momento, apareció un joven esbelto y bien plantado.

—¿Qué pasa, Joséphin?

—Un niño del pueblo me ha dado una carta para usted, capitán.

—¡Demonios! —exclamó Savery—. ¡El signo de la Cruz Azul! ¡Es grave! ¿Eso es todo, Joséphin?

—Sí, capitán.

—En ese caso, vuelve a tu casa y dile a tu hermana que me prepare la comida. Tomaré un bocado cuando pase por allí. Ahora, esfúmate.

El capitán se metió la carta en un bolsillo sin abrirla.

—¿No la va a leer, capitán? —preguntó el señor Fourvier.

—No, imagino el contenido: amenazas.

—¿Contra usted?

—Contra Lupin.

—¿Tiene enemigos?

—Un inglés que me odia y que trata de obstaculizar todos mis planes. Además, es muy fuerte. ¡Si viera qué medios tiene! ¡Qué recursos! Quiere acabar conmigo y todos los días me envía una carta amenazadora.

—¿Quién trabaja para él en este país?

—El trío de asesinos: Fouinard, Pousse-Café y Double-Turc, además de todos sus secuaces.

—¿Puedo ayudarle, capitán? Pondré treinta hombres a su disposición…, cuarenta…, cincuenta.

—Tengo ya quinientos. Mil. En cualquier caso, se lo agradezco, señor juez.

—Pero ¿dónde están?

El capitán dobló el tronco de un árbol muerto que estaba a su lado y que, una vez puesto del revés, se transformó en un cómodo banco, donde invitó a sentarse con él al señor Fourvier.

—Escuche, señor juez. Es conveniente que me conozca bien. Le he revelado dos de mis personalidades: el arqueólogo y el urbanista.

—La que me interesa es la tercera, la de Lupin.

—En cambio, a mí ya no me interesa en absoluto —afirmó el capitán riéndose—. Estoy harto. Poco importa si Lupin hace el bien o el mal, en cualquier caso me resulta insoportable, afectado. ¡Que nos deje en paz de una vez!

—Pero usted sigue...

—Es necesario, Lupin sirve para sostener al arqueólogo y al urbanista, para procurarles subsidios, para financiarlos y protegerlos. Los dos tienen derecho a la existencia, actúan.

—¿Actúan de común acuerdo?

—En pleno acuerdo, los tres. Existe también un cuarto del que no le he hablado, con unas ocupaciones apasionantes. Me refiero al pedagogo, al instructor.

—Acabo de verlo en acción, capitán Cocorico, cuando estaba usted en el terreno.

—Perfecto. Cocorico es el jefe instructor. Para manejar a los hombres me entreno manejando a los niños.

—Así que es usted profesor.

—Maestro de escuela, peón, la palabra no cambia nada. De cualquier manera, me obedecen como hombres disciplinados, que comprenden la necesidad y la belleza del orden. Les enseño la moral cívica, la energía, la limpieza, el orgullo y algunas nociones de vida interior. El pequeño mundo que ha visto allí, señor juez, evoluciona y, gracias a él, introduzco en la familia unos principios con los que intento elevar el nivel, combatir el alcoholismo, la holgazanería. En este momento estoy fundando una escuela para adultos, una para mujeres y varias secciones de aprendizaje.

El juez lo interrumpió.

—Pero ¿eso no corresponde al Estado?

—El Estado no hace nada. Yo actúo y realizo cosas. Todas esas criaturas se sienten felices de recibir mi influencia.

—Y la de Lupin en el futuro.

—Ignoran quién soy realmente. Lo que los seduce de mí es que me dirijo a sus facultades más nobles. Aman instintivamente el orden, la disciplina, el movimiento, usar sus músculos, su voluntad, su energía y su valor. Yo represento todo eso para ellos. Además, les gusta formar parte de una asociación secreta, ser elegidos para desempeñar misiones de confianza. Imagine el orgullo de los niños que esta noche, después de aturdir al trío de asesinos, me ayudaron a atarlos y a traerlos hasta la casamata. A las once de la noche avisé a la sección de los Intrépidos. A medianoche, todos habían acudido a la cita. Ataron también al padre La Cloche. Son las manos que trabajan en la sombra, que ejecutan mis planes con ardor, minuciosidad y perseverancia.

—¿Quiénes son los «Cazadores de Cabelleras» que se mencionan en este cartel? —preguntó el juez mostrando uno de ellos.

—Cuando una joven de la Zône es víctima de una maquinación o una brutalidad, los niños me dicen enseguida quién es el culpable. En tres días ajustamos cuentas. Los

Cazadores de Cabelleras entran por la noche en su habitación, le cortan el pelo, las cejas y la barba, si la tiene, y el hombre en cuestión, ridiculizado y blanco de todas las burlas y la desconfianza del pueblo, no vuelve a dar la cara, porque no se atreve. Al cabo de dos meses, nueva expedición. El asunto dura hasta que nos aseguramos de que el individuo en cuestión no volverá a las andadas. A los niños les divierte bastante actuar como agentes de la moral. Le aseguro que la conciencia de mis criaturas es de calidad superior. Jamás se traicionan entre sí. Las semillas de Lupin, dice usted. Se equivoca, son hombres, hombres duros.

—Hombres como usted, capitán.

—Sí, pero más puros, más honrados. Yo tengo que seguir siendo Lupin y encontrar los recursos necesarios para todas esas empresas. Lupin el proveedor, Lupin el dispensador de créditos, Lupin… Si no robo, todo se viene abajo. ¡Adiós al benefactor!

—Adiós también al enamorado —añadió sonriendo el señor Fourvier—, al Lupin que tiene una vida personal, sentimental.

—Pues sí —corroboró Cocorico—, es el gran resorte que pone en marcha la mecánica, la gran razón que da al personaje un ideal, una mística. Veo que conoce mis costumbres.

El señor Fourvier asintió con la cabeza.

—Entre Gennevilliers y Pantin puede estar tranquilo. Nada de tentaciones en esta Zône repugnante y desolada.

—Ese es, precisamente, uno de los motivos por los que vine —explicó el capitán con cierta melancolía—. La vida austera que imaginaba y que quería seguir me trajo hasta aquí, pero...

—¿Pero?

—El destino decidió por su cuenta. En el curso de un viaje de negocios a Inglaterra conocía a una joven francesa, una muchacha robusta, rubia, luminosa, un esplendor. Me las arreglé para que me la presentaran. Es uno de esos seres a los que se les entrega la vida, pero yo no tengo derecho de hacerlo. Ya no soy joven, tengo que ocultar mi nombre y mi existencia. Con todo, vine con ella a París, donde vivo a su sombra para poder vigilar a sus enemigos, trabajar para que sea feliz y protegerla. Así fue como me enteré de que los millones que enviaron desde Londres por avión y que fueron robados estaban destinados a ella. Son una dote digna de su persona. Los encontré y no tardaré en devolvérselos.

En ese momento, sonó una campana.

—Es la campana de la fábrica de ladrillos —explicó—. Mi compañero Joséphin me recuerda que dentro de diez minutos empieza la lección de natación y de zambullida de mis equipos. Tengo que despedirme de usted, señor juez de instrucción.

Los dos hombres se estrecharon la mano para despedirse, pero el señor Fourvier lo retuvo aún un momento y observó:

—Capitán, olvida la carta que le entregaron. La verdad es que me intriga bastante.

—Lo suponía —dijo Savery, que la tenía ya en la mano y la estaba abriendo.

Al leerla, se encolerizó y la arrugó.

—¡Maldita sea! —refunfuñó.

—¿Problemas?

—Lea usted mismo, señor juez.

Presa de una gran agitación, el señor Fourvier leyó a media voz:

> Querido capitán:
> Sin duda conoce el pontón número treinta y cuatro. Nos veremos allí hoy a mediodía. Tendrá que devolvernos los sacos que nos robó anoche. En caso contrario, la hermosa joven que reside en el castillo de Tilleuls se verá expuesta a los mayores ultrajes. Estoy seguro de que comprenderá que el honor de la hija de un lord de Gran Bretaña, antiguo virrey de las Indias vale el rescate que le reclamamos.

Antes de que el señor Fourvier pudiera acabar de leerla, el capitán empezó a sacudirle un brazo.

—Vaya enseguida al castillo de Tilleuls, señor juez, y avise a la señorita Cora y al conde Hairfall, su anfitrión. Que se encierre en su dormitorio. Que todos los criados vigilen para que no entre nada en el castillo. Hay perros de guardia.

—¿De verdad cree en esas estupideces?

—¡Por supuesto que sí! Se trata de gente que se ha molestado en espiarme durante varias semanas y que ha averiguado que anoche robé el oro de los sacos. Exigen que les devuelva lo que consideran suyo y han elegido la mejor manera de conseguir que suelte la presa. El peligro es enorme. Presiento la audacia de esas personas, sus recursos inagotables. No retrocederán ante nada.

—Le vuelvo a ofrecer mi colaboración, capitán —lo interrumpió el señor Fourvier—. Un grupo numeroso de policías asistirá a la cita en el pontón treinta y cuatro. Sus enemigos serán capturados con discreción y el asunto quedará resuelto: la señorita Cora fuera de peligro, los sacos otra vez en manos de su legítimo propietario y los bandidos detenidos.

El capitán caminaba de un lado a otro con aire preocupado. No lograba aplacar su ira. Al final, estalló y dio un golpe con el pie.

—¡No, no, no! Esa estrategia sería deplorable. La presencia de la policía pondría sobre aviso al enemigo, lo haría desconfiar. La amenaza solo quedaría suspendida y los criminales seguirían siendo inaccesibles. ¡Nadie vendrá a la cita, créame! Solo esperan que el rescate…

—Siendo así, ¿cuál es su plan?

Lupin se metió las manos en los bolsillos.

—No tengo ninguno y no quiero tenerlo antes de que llegue el momento. Le suplico, señor juez, que no me incomode con intervenciones que podrían comprometerlo todo.

—Sea como sea —insistió Fourvier—, rechazar la ayuda de la policía…

—Ninguna.

—Pero la señorita Cora…

—La señorita Cora tiene una dote huidiza. Lo único que le pido es que hagan una buena guardia a eso de mediodía, porque a esa hora la emboscada ya debería estar tendida. Vendrán a buscarme al borde del Sena, voy a ver a mis pupilos. Además, tengo que dar varias órdenes a Joséphin, instrucciones detalladas.

—¿De verdad teme algo?

—¡De esos tipos, todo! Pero ¿por qué vienen a por mí? ¿Qué pretenden? Le confieso que no entiendo una palabra. Siento que están preparando algo formidable y que temen mi reacción, pero ¿de qué se trata? ¿Qué poder los anima? Tarde o temprano lo descubriré.

El señor Fourvier fue al castillo de Tilleuls mientras el capitán atravesaba lentamente el inmenso terreno hasta llegar a orillas del Sena. Un embarcadero bordeaba el río. Para subir a él se caminaba por una pendiente no muy pronunciada y por un trampolín extendido encima del agua indolente. A la izquierda se elevaba la cubierta de popa del capitán. André de Savery se sentó en ella al lado de Joséphin, quien se llevó una caracola marina a la boca. Sus llamadas roncas barrieron las llanuras de la península, se abalanzaron hacia el valle, chocaron con las colinas y regresaron transformadas en eco.

Los niños llegaron en un abrir y cerrar de ojos, procedentes de toda la Zône. Cruzaban el terreno con unas cuantas zancadas, subían por el declive de piedra del embarcadero, se quitaban los albornoces, corrían por el trampolín y se tiraban al agua gritando:

—¡Hurra por el capitán!

Las cabezas iban emergiendo del agua como boyas. Luego, los brazos jugueteaban y se abrían para nadar, empezaban las carreras, ardientes y furiosas.

El señor Fourvier había acudido para informar sobre su misión al capitán de Savery: había puesto al corriente al conde Hairfall de que iba a vigilarlos y había puesto sobre aviso a la señorita Cora.

109

—Bien hecho —dijo Savery—. Gracias.

El señor Fourvier contemplaba el espectáculo que se desplegaba ante sus ojos:

—Esos niños le quieren —murmuró.

—Yo los quiero más. No puede imaginarse las cualidades que descubro en esas naturalezas aún intactas.

Las finas siluetas apuntaban como jabalinas en el espacio y se hundían en el agua siguiendo una trayectoria y un ritmo idénticos. Y enseguida la carrera, la energía desesperada para que nadie les diera alcance bajo la mirada del gran jefe, que los juzgaba y los clasificaba.

—¿Conoce a todos?

—A todos, por nombre y apellido. Muy bien, Jean Chabas —gritó—. Excelente, pequeño Paul. ¡Vamos, Carin, más energía! Nada de extraordinario, esa zambullida, Vivarois. ¡Aplícate, Faucron! ¡Extraordinario, Marie-Thérèse, eres mejor que los niños! Alarga la brazada. ¡Eso es! Los superas. Marie-Thérèse es una auténtica campeona —comentó al señor Fourvier—. Observe cómo se relaja, cómo vuelve a salir. ¡Es una nadadora olímpica!

De repente, agarró el brazo de su compañero y, muy pálido, murmuró:

—Cora... Cora de Lerne...

De hecho, la joven había aparecido en lo alto de la pendiente.

Con un gesto hizo resbalar de sus esculturales hombros el albornoz de lana multicolor, dejando a la vista sus piernas largas, finas y nobles, así como un busto que emergía en toda su blancura del traje de baño de seda negra. Acto seguido, saltó.

—La cabeza primero —le ordenó el capitán visible-mente turbado.

¡Demasiado tarde! El impulso la había proyectado ha-cia arriba, de manera que cayó recta, con las manos pe-gadas al cuerpo.

Apenas reapareció en la superficie, se acercó al mue-lle, subió por los ganchos de hierro y se reunió con An-dré de Savery.

—Disculpe, capitán.

Él la aferró con un ademán imperioso y le dijo:

—¿Ha visto a Hairfall?

—Sí.

—¿Le ha hablado de la carta?

—Sí.

—La amenaza es grave. ¿Sabe usted de dónde pro-cede?

—Creo que sí. Imagino que se trata del secretario de Edmond de Oxford, es un hipócrita y un traidor. Des-confío de él.

—¡Es usted una imprudente! No debería haber sali-do del castillo.

—Con usted aquí, no temo nada.

—Es cierto, por imposible que pueda parecerle mi pro-mesa, puede estar tranquila hasta el último minuto, sea cual sea el peligro.

—Lo estaré.

—¿No tiembla? ¿No está inquieta?

—Serenidad absoluta.

Lupin miró a la joven, que esbozó una sonrisa deslum-brante, magnífica, sin apenas velos, ¡y tan casta!

—Váyase, Cora, y no deje nunca de confiar en mí —dijo.

La joven se marchó enseguida con la zambullida más perfecta y graciosa de todas.

—Qué criatura tan hermosa —murmuró el señor Fourvier.

—¡Joséphin! —dijo el capitán.

El muchacho se acercó.

—¿Qué barco es el que está en marcha en la otra orilla?

—Una lancha motora, jefe, desde hace cierto tiempo amarra allí algunas veces. Esta mañana ha maniobrado.

—¿El propietario?

—No lo sé, jefe.

—Deberías saberlo.

—Lo sabré dentro de una hora.

—¿Y si es demasiado tarde?

La lancha arrancó a toda velocidad y fue directa hacia el centro del Sena, donde empezaron a emerger trescientas cabezas.

—Hay cuatro hombres a bordo —observó el capitán. Después, con la voz entrecortada, balbuceó—: Es evidente lo que pretenden.

Cora de Lerne sobresalía entre las demás cabezas, con el busto casi fuera del agua, como una sirena, y su melena rubia brillando bajo el sol, como un casco de oro.

—Salto al agua, jefe —propuso Joséphin.

—¡Es inútil! Nos han pillado desprevenidos.

—A usted no, jefe.

El capitán gritó con voz atronadora:

—¡Atención, chicos! ¡Volveos hacia la lancha!

Todo cambió en un abrir y cerrar de ojos. Los brazos de los niños se tendieron hacia el agresor en un esfuerzo exasperado. Daba la impresión de que comprendían el peligro y sabían que debían rodear a la hermosa náyade para defenderla, a pesar del riesgo de recibir una sacudida. Pero Cora los había dejado atrás y nadaba temerariamente fuera del círculo que trataba de contenerla.

El capitán se quitó el dolmán y se tiró al agua.

Joséphin gritó aterrorizado: la lancha había irrumpido en un grupo de niños. Pero luego se echó a reír. Los niños se habían sumergido y estaban reapareciendo de nuevo.

Se oyeron clamores, imprecaciones, un tumulto se dirigía hacia los asaltantes, que habían tenido que pararse y maniobraban en el sitio. Cora de Lerne también se había hundido en el agua; cuando recuperó el aliento, estaba lejos del enemigo, que gritó maldiciéndola, a la vez que intentaba acercarse a ella.

De esta forma, el capitán tuvo tiempo de alcanzarlos. Se aferró a la barca y trató de hacerla oscilar. Acto seguido, se sumergió.

Uno de sus adversarios, cuya expresión implacable y feroz lo había impresionado enseguida, lo apuntó con un revólver. El agua salpicó junto al nadador. El trance se repitió tres veces. Todo el equipaje estaba disparando, como si el único peligro fuera ese agresor. Savery pensó que era prudente no insistir. Al apartarse, vio que la lanza se precipitaba hacia la joven y la rozaba con habilidad. Sujetado por la cintura por dos de sus cómplices, el hombre de expresión bárbara se inclinó hacia el agua, agarró a Cora de Lerne y, con un impulso, la alzó como si fuera una presa y la extendió en cubierta.

Savery gritó de rabia.

Habían tocado las piernas y los brazos desnudos de Cora de Lerne. Luego vio alejarse la barca con la joven a bordo: ¿qué podía hacer?

VII

Rescate

$\mathcal{A}$ndré de Savery llegó al embarcadero. Joséphin, tumbado boca abajo en la cubierta de popa, miraba el campo de batalla y observaba con unos prismáticos los barcos que subían por el Sena.

—¿Qué pasa, Joséphin? Da la impresión de que te estás riendo.

—No me río, jefe —respondió el adolescente—, me estoy tronchando.

—¿Por qué?

—¿No ha visto durante la pelea a un compañero agarrado al timón?

—¿Un compañero?

—Una compañera, más bien, Marie-Thérèse La Cloche, mi casi gemela. ¡Menuda cara tiene! ¿Cómo va a poder aguantar? Pero no hay quien la detenga. Dentro de una hora volverá a pie hasta nosotros y usted sabrá adónde han llevado a la hermosa cautiva.

—Siempre que no se suelte, la pobre… ¿Tan seguro estás de que no lo hará?

—¡Por supuesto! Nada como un alburno. ¡No tiene siquiera dieciocho años! Daría la vida por su jefe.

—¿Reconociste al hombre de la lancha?

—Reconocí al que iba al mando, un inglés que merodea por aquí desde hace algún tiempo, un tipo con cara de condenado a trabajos forzados.

—¿Cómo se llama?

—Me lo dijeron en el Zône-Bar: Tony Carbett. Por lo visto, es secretario de un príncipe inglés.

—¿Del príncipe de Oxford?

—En efecto, ¡creo que sí!

—Escucha, Joséphin. Debes olvidar el episodio, dominar la exaltación, dejar de pensar en el valor de tu hermana y concentrarte en las instrucciones que te voy a dar. Es necesario que las ejecutes con precisión. Escúchame bien, ¡es grave! Solo conseguiré sacar adelante mi proyecto si no falla nada, ni en el conjunto ni en los detalles.

—Soy todo oídos, jefe.

La explicación duró veinte minutos. Joséphin repitió todos los términos.

El capitán comió en un cuarto de hora en la fábrica de ladrillos, que el padre La Cloche había abandonado a esa hora. Lo interrumpió la irrupción de los niños. La pequeña banda La Cloche sostenía a su hermana Marie-Thérèse, pálida y temblorosa. Había recibido un golpe de remo en la cabeza que la había obligado a soltarse. A pesar del aturdimiento, había podido nadar hasta allí y caminar hasta la casa.

—¿No tienes nada que decirme, Marie-Thérèse? —le preguntó el capitán.

—Nada… Me hundí mientras costeaban la isla por el otro lado.

Savery la abrazó con ternura.

—No importa, mi niña. No llores, eres estupenda.

—Sea como sea, esto empieza mal —gruñó su hermano.

André de Savery lo reprendió:

—¡Joséphin! ¿Interrumpí mi plan cuando me contaste lo que había hecho Marie-Thérèse?

—Sí.

—Porque sabía cómo resolver solo el asunto. De manera que, ¿con qué derecho te permites dudar?

Joséphin inclinó la cabeza, avergonzado.

—Son las doce menos cuarto —observó Savery—. Me voy al pontón treinta y cuatro. No te retrases, Joséphin.

El pontón treinta y cuatro marca la punta de la península de Genevilliers. El camino principal termina allí. Delante de él se dobla redondeándose la isla del Diable, con sus grandes árboles, que forman una especie de pantalla verde. El río y la isla están separados por un brazo del Sena que no tiene siquiera quince metros de ancho. Las frondas son tan densas que es imposible ver lo que sucede al otro lado, igual que tampoco se divisa el pontón cuarenta y dos, que sirve a la otra orilla del río.

El señor Fourvier había considerado oportuno acudir

en compañía de un comisario de policía y de unos cincuenta agentes, que se apostaron río abajo, algo rezagados del pontón treinta y cuatro.

—Suponía que vendría con sus guardias, señor juez. ¡Yo también he tomado mis precauciones! —anunció el capitán.

—Mi deber me obliga a recuperar los sacos y llevármelos —dijo el juez.

Savery replicó:

—¡Y mi deber me obliga a oponerme!

Sin insistir más, André de Savery se encaminó hacia el estadio que quedaba oculto tras unos árboles.

El reloj de una iglesia dio la hora. Una voz fuerte, amplificada por un altavoz, dijo: «Mediodía».

Pasaron cinco minutos, diez. Por el camino del estadio aparecieron tres siluetas: el trío de asesinos, cargados con unos fardos.

A la cabeza iba Double-Turc, al que se distinguía ya a quince metros de distancia. Caminaba como un auténtico hombre de los bosques, era colosal. A pesar de que avanzaba inclinado hacia delante debido al peso de un enorme saco, daba la impresión de que sus piernas torcidas y dislocadas se iban a romper. Su semblante brutal, rodeado de una barba gris, hirsuta y tan dura como las púas de un puercoespín, le daba aire de atontado. Los brazos oscilaban tocando el suelo, parecía que iba a desplomarse en cualquier momento.

Pero apenas estuvo más cerca del grupo su apariencia cambió, se irguió cuan alto era, como si el fardo hubiera dejado de existir para él.

Fouinard y Pousse-Café transportaban los suyos con un rictus de agotamiento.

Respondiendo a una indicación de Fourvier, el comisario de policía hizo una señal a sus hombres y ordenó:

—Detengan a los tres bandidos. ¡Adelante!

Los agentes no se movieron del sitio.

El comisario repitió la orden en tono más imperioso. Nadie avanzó, a pesar de que todos amagaban hacerlo. Daba la impresión de que estaban clavados al suelo, de que habían sido convertidos en árboles o, mejor dicho, en unos maniquís ridículos.

—Están atados —murmuró el juez de instrucción—. ¿Se da cuenta? Tienen las piernas atadas con cordeles.

En ese momento, recordó que, hacía un cuarto de hora, había visto un enjambre de niños moviéndose entre los grupos de agentes.

—¡Los niños de Lupin! —exclamó confundido—. ¡Maldito sea!

Los hombres cortaban sus ataduras mientras el comisario cargaba su revólver.

—¡No dispare, por Dios! —gritó Joséphin agarrándole el brazo—. Es la defensa del capitán.

Por lo demás, ya era demasiado tarde. De repente, una pasarela que se confundía con un haya cayó sobre el pontón. El trío la atravesó riéndose.

—¡Viva el capitán! —exclamó Double-Turc erguido como un atleta.

La pasarela se alzó. Al cabo de un minuto, se oyó el zumbido de una lancha motora. Los agentes querían echar a correr.

121

—Es inútil —dijo Joséphin—, no hay ningún puente en este lado. Para cruzar el Sena hay que volver al puente del Diable.

Tenía razón. El trío se marchó sin ser molestado.

La lancha dejó atrás la isla del Diable a toda velocidad. Tras avanzar trescientos metros, dobló a la derecha y entró en un pequeño puerto que terminaba en un puente levadizo. Al otro lado, flanqueado por un torreón, se erigía un castillo entre escombros y extensiones de yedra.

A medida que avanzaban, Fouinard iba explicando en voz alta la ruta que estaban siguiendo, y Pousse-Café calculaba la distancia del embarcadero. ¿A qué se debía esa doble preocupación? Daba la impresión de que estaban informando a un ser invisible.

Al llegar al pie del torreón, se pararon delante de una puerta baja.

—Cojan el montacargas —les aconsejó un criado que estaba de guardia—. Los bultos que llevan parecen muy pesados.

—No sabes cuánto —bromeó Double-Turc enfilando la escalera.

Subió alegremente.

En el segundo piso les aguardaba el hombre de aspecto bárbaro, al que Joséphin había llamado Carbett.

—Son los sacos, ¿verdad? —dijo con una alegría codiciosa.

—Exacto.

—Déjelos en ese rincón, entre las dos paredes, y lárguese.

—¿Adónde? —preguntó Fouinard.

—Vaya bajo el torreón. Tú quédate aquí, Double-Turc. En caso de que nos ataquen, me las arreglaré de sobra contigo.

A continuación, cerró con llave la puerta de una sala bastante amplia, amueblada con una mesa y dos escabeles pequeños, que terminaba en un nicho abierto en la piedra que hacía las veces de alcoba. En él yacía Cora de Lerne, con el busto envuelto en el albornoz, y las piernas y brazos atados a unas barras de cobre.

—Observa lo que pasa por la ventana, Double-Turc, y comprueba si me ves abajo —le ordenó Carbett.

A continuación, se acercó a la cama. Cora tenía los ojos cerrados, pero ¿estaba durmiendo? Carbett le acarició un hombro desnudo con un dedo. La joven se sobresaltó.

—Le prohíbo que me toque, patán.

—Le traigo una buena noticia. Su rescate ha llegado —dijo.

—Entonces, ¿estoy libre?

—Está libre, sí. —Cora hizo amago de incorporarse, pero él la sujetó con firmeza y precisó—: Libre de someterse a una pequeña formalidad.

Carbett se inclinó hacia ella para abrazarla.

—¡Está usted loco! ¡Loco! Si imagina que voy a consentir...

—No necesito su consentimiento. Al contrario, disfruto con la rebelión, con la lucha. Dado que soy el más fuerte, no me preocupa el desenlace. ¿Piensa que voy a perderme una ocasión que quizá no vuelva a presentarse en muchos años?

—Prefiero morir.

123

—Eso no cambiaría nada. Muerta o viva, tendré su bonita boca.

La bonita boca esbozó una sonrisa.

—Veo que empiezas a ablandarte —dijo él, sorprendido—. Sonríes. Te aseguro que el beso de un hombre enamorado no es tan desagradable.

—Lo es para una mujer que no lo desea.

—Piensa en el hombre al que quieres.

—No quiero a nadie.

—No es cierto, estás enamorada de tu primo, Edmond de Oxford.

—No. —El cuerpo del bandido se contrajo—. En ese caso, quieres al capitán de Savery. Querer a Savery es creer en él.

—Creo en él.

—¿Crees que te salvará?

—Por supuesto.

—¿Por dónde quieres que entre?

—Ya ha entrado.

—¿Está ahí?

La pared del fondo, que delimitaba la alcoba, era de color rojo oscuro y captaba el reflejo de la mancha de sol que se filtraba por el cristal de una ventana próxima. Parte de la mancha aparecía velada. ¿Quién se estaba interponiendo?

—Es Double-Turc —dijo Carbett bromeando.

—No —replicó ella sacudiendo la cabeza.

—¿Puedes ver a tu salvador?

—Sí.

—Ahí va una advertencia que te concierne. —A continuación gritó—: ¡Double-Turc, ocúpate del capitán si es que está ahí!

Acto seguido agarró a la joven por el cuello. El combate fue encarnizado, implacable. El hombre luchaba con la habilidad de un boxeador. Le arrancó el albornoz y sacudió la sábana y las mantas a las que la joven, alarmada, se aferraba mientras lo insultaba:

—Miserable... Traidor... ¡Se lo diré al príncipe Edmond!

—¿A mi primo? Está ciego. Hago con él lo que me parece. Si le cuento que mi intención era defenderte de un agresor, me creerá.

En ese momento, Double-Turc se desplomó al suelo, inconsciente. Casi al instante, una mano agarró la nuca del inglés. Este se desasió con violencia y sacó un revólver, pero cayó también al recibir un golpe en la barbilla.

—¿Está herida, señorita? —preguntó el capitán a la joven mientras esta trataba de componerse.

—No.

—¿Un poco de miedo, entonces?

—Tampoco. Estaba segura de que llegaría a tiempo. ¿Cómo lo ha hecho?

—A hombros de Double-Turc, dentro de uno de los sacos de oro.

Se dirigieron una larga mirada, de una dulzura infinita. Ella le tendió las manos y, al sentir que tiraba hacia ella, él se inclinó y la besó en los labios, echándola de nuevo con delicadeza en la almohada.

—Váyase, amigo mío.

Double-Turc recuperó el conocimiento. Savery lo ayudó a levantarse y le dijo:

125

—Escucha. Tus compañeros y tú vais a devolver los sacos a su verdadero propietario, el conde Hairfall, que se encuentra en el castillo de Tilleuls. Yo fijaré y pagaré la recompensa por la misión que encomendasteis a Joséphin La Cloche en mi nombre, es decir, por haber llevado los sacos al embarcadero y haberme metido en uno de ellos para traerme al lugar donde os esperaban, y por el último encargo que desempeñaréis en el castillo de Tilleuls. Es duro, lo sé, pero recibiréis una buena suma. ¿Viene, Cora? ¿Se siente con fuerzas?

—Sí.

Los cinco atravesaron el jardín y salieron al campo sin encontrar ningún obstáculo.

VIII

Un amor imposible

*E*l castillo de Tilleuls, de propiedad reciente del conde Hairfall, se encuentra a un cuarto de hora del estadio.
A él se accede por una carretera mal empedrada que sigue el curso del Sena y une los embarcaderos de la orilla izquierda.

El capitán llegó por ella a la reja siempre abierta durante el día y al pabellón que se encuentra en el patio de
honor, que hace las veces de garaje. Hairfall estaba examinando en ese momento los neumáticos de sus cuatro
coches.

—Mi querido amigo —dijo Savery—, os traigo a la
señorita de Lerne sana y salva.

—¿Y el oro? ¿Qué ha sido…?

—Aquí lo tiene —le explicó Savery señalando a Double-Turc y a sus dos acólitos, que, extenuados y sudoro-
sos, aparecieron en ese momento. Después añadió—: Lo
traen ellos. Fouinard, ¿conoce el huerto cerrado que está
en el cementerio abandonado?

—Sí, capitán, y también la vieja capilla que fue construida encima de la antigua cripta de san Bonifacio.

—Eche el contenido de los sacos en la cripta. Aquí tiene la llave. Pero, sobre todo, ¡no robe una sola pieza!

—Soy el responsable, capitán, y, a nuestra manera, somos unos trabajadores honrados.

Los trabajadores honrados se alejaron con la cabeza erguida y un resplandor de una integridad agresiva en la mirada.

—¿Cómo puedo agradecérselo, capitán? —preguntó Hairfall.

—No quiero nada. He trabajado para mí mismo.

—¿Con qué esperanza? —inquirió el conde en tono algo seco.

—La esperanza es una palabra que he descartado de mi vocabulario. Cuando uno está acostumbrado a apoderarse de lo que quiere, la espera es inútil.

—Pero ¿en esta ocasión?

—Deseo que Cora de Lerne sea feliz.

—¿Y en qué consiste esa felicidad?

—En casarse con Edmond de Oxford, como ha decidido usted, y en cumplir con sus deberes de reina.

—¿De reina?

—Sí, Cora de Lerne será reina.

—Al menos espere a que el príncipe sepa mi respuesta —dijo Cora, que había oído sus últimas palabras.

Justo en ese momento, Edmond de Oxford se estaba paseando por la escalinata.

—Dentro de cinco minutos estoy con usted —le gritó Cora.

A continuación, agarró un brazo de Savery.

—Cuénteme por qué ha dicho que seré reina. ¿Me permite, amigo Hairfall?

Cora arrastró al capitán hasta una avenida de hermosos tilos que bordeaba el Sena. La hora era dulce y apacible. Cuando estaban a unos cien pasos del patio, se sentaron en un banco de piedra dominado por una estatua de diosa cargada de flores y frutas. Ante ellos, a través de una gran arcada de hojas, veían fluir el río.

—Es la glorieta de Pomone, mi refugio preferido desde que estoy aquí —dijo la joven.

La paz que reinaba en el lugar, el silencio, interrumpido por el canto de las pequeñas olas que agonizaban en los guijarros de la orilla, todo les acercaba y los incitaba a hablar quedamente y a decir cosas que jamás se habrían dicho en un momento ordinario.

—¿De verdad desea que sea reina? —preguntó la joven.

—Si usted así lo quiere, será mi voluntad. ¿Le sorprende?

Cora se ruborizó.

—Entonces, ¿ha olvidado usted...?

—¿Nuestro beso? Se ha convertido en el principio fundamental de mi vida. ¿Cómo podría olvidar un recuerdo así, un sueño tan hermoso?

—Me sorprende que un hombre como usted se resigne a perder ese recuerdo y que no intente transformar su sueño en una voluntad firme, es decir, en realidad.

—Los sueños más hermosos suelen evocar realidades que no tenemos siquiera derecho a imaginar —contestó Savery.

Ella susurró de forma tan imperceptible que él casi no podía oírla:

—Le di mis labios.

—En un momento de sufrimiento, después de la angustia causada por una lucha espantosa. No fue una promesa, sino una muestra de agradecimiento que lamentará un día y que, quizá, ya le haga ruborizarse.

Cora se levantó, se dirigió hacia la arcada y se inclinó por encima del arbusto de rosas y petunias que formaba la base, después regresó junto a él y, antes de sentarse, dijo con cara de orgullo y tono grave:

—A veces me arrepiento de no haber hecho algo, pero jamás me arrepiento de lo que he hecho. Le atraje hacia mí de forma consciente y acepté su beso porque en ciertos momentos una mujer, por honesta que sea, debe dar algo de sí misma…, incluso a un hombre al que apenas conoce.

—No soy un desconocido para usted, Cora.

—Ya no lo es, y ahora sé que es usted una persona delicada y discreta.

—Y yo sé de la franqueza y la nobleza que hay en usted, de forma que la renuncia es aún más dolorosa.

Cora hizo un ademán nervioso, que delataba su irritación. Era una de esas naturalezas que se resisten a renunciar. Al cabo de un silencio bastante prolongado, volvió al río y, cuando él se acercó a ella, dijo:

—Respóndame sin rodeos: ¿es su pasado el que le inquieta y el que limita sus sueños?

—Cuando uno es lo que yo soy, se prohíbe ciertas felicidades excesivas, ciertas condiciones demasiado elevadas.

Mientras lo escuchaba, Cora cortó varias rosas y petunias, que luego juntó y prendió en la solapa de su chaqueta. A continuación, le dijo:

—¿De manera que me aconseja aceptar la oferta del príncipe Edmond?

—Sí, mil veces sí —respondió él con vehemencia.

—¿Porque quiere que sea reina?

—Sí. Es su destino, y preferiría morir a obstaculizarlo. Al contrario, haré todo lo que esté en mis manos para que se haga realidad. Ha nacido para ser reina. Basta con verla.

—No me mire, amigo mío. Cierre los ojos.

Savery obedeció mientras murmuraba:

—La veo aún más. Veo una corona en su cabeza, una capa de corte.

—En ese caso, béseme la mano, querido.

Él se arrodilló y besó con devoción los dedos finos y delicados que ella le tendía.

Mirándolo desde lo alto, Cora permaneció unos segundos triste y silenciosa, como si vacilara en el umbral del camino por donde iba a dejarse guiar.

A lo lejos, a la entrada de la avenida de tilos, estaba Edmond de Oxford. La joven lo llamó con un ademán del brazo y él se acercó apresuradamente a ella.

Sentado en el banco de piedra, el capitán no se volvió una sola vez hacia la joven pareja. Pasaron unos minutos insoportables. ¿Se iban a prometer?

Cuando Cora regresó por el camino rodeado de follaje y se aproximó al capitán, este balbuceó:

—Cora, Cora, consuéleme.

133

La joven respondió al vuelo:

—Un hombre como usted solo busca el consuelo en sí mismo.

—Consuéleme, Cora.

—¿Cómo? ¿De qué manera? ¿Con qué palabras?

—Sus labios.

La joven pisoteó el suelo.

—¡No! ¡No!

—Pero si ya me los concedió.

—Entonces no estaba prometida. Ahora he aceptado un compromiso al que seré fiel. Conozco mi deber y lo respetaré, al igual que respetaré mi deber como mujer. No tiene ningún derecho a lamentarse, amigo mío, una palabra suya y me habría despedido de Edmond de Oxford.

—En cambio, el adiós es ahora para mí.

—No, no habría ningún adiós entre nosotros, mi querido amigo. No puedo consentir que nos separemos, Oxford lo sabe.

—¿Y acepta?

—Ambos necesitamos su apoyo, su protección y colaboración, al igual que usted, amigo mío, necesita mi asistencia.

—¿Yo?

—Sí, usted, que ya no es dueño de su vida, que carga con un pasado realmente penoso, que no se ha sentido con derecho a decirme: «Cásese conmigo, Cora». Nada le impide liberarse de un pasado que le esclaviza.

—¿Cómo?

Cambiando al vuelo de tema, Cora le agarró una mano, para su sorpresa, y le dijo mirándolo a los ojos:

—Es usted extremadamente rico, ¿verdad?

—Fabulosamente, sí.

—Hace tiempo, refiriéndose a varios de sus negocios en América, se habló de una cifra de entre diez y doce mil millones, ¿es cierto?

—Era cierto. La suma ha aumentado mucho desde entonces.

—¿Y ese dinero está guardado en la caja fuerte de un banco?

—Ya no, está enterrado, escondido. Pero ¿por qué me pregunta todo eso?

—Pienso en todas las cosas grandes y útiles que podría hacer.

—Ignora lo que hago con mi dinero. Escuche, venga conmigo mañana a la casamata: he quedado con un hombre a las cinco. Nuestra conversación le interesará y le permitirá comprender muchas cosas. ¿Me lo promete?

—Se lo prometo.

A continuación, se separaron.

IX

El enemigo se descubre

$\mathcal{A}$ pesar de todo, Savery se quedó preocupado. Cora seguía a otro hombre y la sombra secreta de este constituía un obstáculo que él no podía eliminar.

Caminó lentamente por la avenida de tilos hasta llegar a la entrada principal del parque, donde encontró a Joséphin.

—Perfecto, muchacho, todo ha salido a pedir de boca —le felicitó—. Te las arreglaste muy bien. ¿Y ahora? ¿Los tres asesinos han vaciado por completo los sacos en la cripta del cementerio?

—Sí, jefe.

—¿No se han llevado nada?

—Nada.

—¿La llave de la cripta?

—La tengo yo, jefe.

—¿Y los tres se han marchado?

—Los tres. Cruzaron el estadio en dirección al Zône-Bar.

—Estupendo, pero pareces nervioso. ¿Ocurre algo?

—Le necesito, jefe. La lucha es superior a mis fuerzas.

—Cuéntame.

—El padre La Cloche, que estaba bebiendo en el Zô-ne-Bar, se los llevó a su casa, a la fábrica de ladrillos. Estaba un poco borracho, además de con mi hermana Marie-Thérèse, porque no le ha perdonado la escena del otro día; le arrancó la blusa y la obligó a arrodillarse para azotarla delante de los tres asesinos, a los que había instalado en la galería superior. Cuando llegué estaba levantando los brazos. Bromeó: «Ven a ver, Joséphin. Esta vez he tomado mis precauciones. Double-Turc y mis amigos están ahí arriba, empuñando la pistola. Si te mueves, te dispararán. ¿Estáis listos, compañeros? Sin piedad. Hay que desembarazarse de ese muchacho hoy mismo y luego del capitán, que nos ha hecho perder el golpe y nos ha robado también nuestra parte del botín». Luego volvió a alzar los brazos sacudiendo un palo, que descargó en la espalda de Marie-Thérèse, quien cedió y perdió el equilibrio, aunque enseguida lo recuperó. Grité. Ella no. Con los brazos cruzados sobre el pecho, para que vieran lo menos posible de ella, pálida, miraba a nuestro padre con aire desafiante, casi riéndose, aunque en sus ojos se leía una gran angustia. «Mirad a esa mocosa —dijo con rabia—. ¿Tiene buen aspecto? Es el vivo retrato de su madre. Vamos, Joséphin, ponte a su lado. Os arreglaré a los dos con un solo bastonazo. Vamos, muchacho. Tengo que desquitarme. ¿No quieres? ¡Los de arriba, disparadle! ¡Disparad, maldita sea! Debe pasar hoy por esto, igual que Lupin. De no ser así, no descansaremos. ¡Dispa-

rad!» Se produjeron dos detonaciones. Las balas impacta-
ron contra la pared a los dos lados de mi cabeza. Entonces escapé, jefe. No tenía fuerzas para defender a nadie,
ni a mí ni a la pequeña.

El capitán le ordenó mientras echaba a correr:

—Nada de gimnasia.

Corrieron con las manos en las caderas y, mientras lo
hacían, Savery vio que Joséphin estaba llorando.

—Soy un cobarde, hui.

—Hiciste bien, Joséphin. De nada hubiera servido que
te mataran. Los nervios no resisten a tu edad. Aún eres
demasiado joven para hacer razonar a unos hombretones como ellos.

—¿Qué debería haber hecho, jefe? Iba desarmado.

—Yo tampoco lo sé, pero aun así me doy prisa. El
arma principal, la mejor de todas, es la sangre fría, una
sangre fría implacable con la que hay que revestirse,
como si fuera una armadura perfecta, que impresiona al
enemigo. A este le gustaría atacar, pero teme la respuesta. En un primer momento, la respuesta le parece superior al ataque. Por otro lado, ¿de dónde vendrá? ¿Cómo
se producirá? El problema es que se requiere un cuarto
de siglo para templar bien el sistema nervioso. Y ese es,
ni más ni menos, el error de la educación francesa: cul-
tivan nuestra sensibilidad cuando deberían forjarnos un
alma vieja difícil de cocer, fría como el acero y tan agresiva como un hacha.

Llegaron a la fábrica de ladrillos.

—Sígueme como si fueras mi sombra. Es necesario
que casi no te vean, porque, en caso contrario, te apun-

141

tarían, igual que en el tenis se apunta al más débil de los dos adversarios.

Tras coger una piedra grande, golpeó tres veces la puerta.

—¡Abran en nombre de la ley!

Los ruidos que se oían en el interior se interrumpieron de golpe. En el silencio que siguió a continuación, el padre La Cloche susurró:

—¿Quién es?

—El comisario de policía y varios agentes. ¡Abran!

Lupin giró el pomo. No había cerradura ni candado.

—¡Yo! ¡El capitán Cocorico! —dijo al entrar.

—¿Y los agentes?

—Yo mismo —repitió—, es más que suficiente.

—¡Disparad! ¡Disparad! —farfulló una voz ahogada.

André de Savery subió saltando la escalera interior, apuntando con el dedo índice a los asesinos.

—Si uno de los tres se mueve, peor para él.

Se oyó el chasquido de un revólver al cargarse. El capitán se abalanzó sobre Double-Turc, quien gritó de dolor y se arrodilló para suplicar perdón, con el puño derecho colgando como un trapo.

—¡Desgraciado, me está clavando puntas de hierro! —farfulló el criminal.

—De hierro nada —le corrigió el capitán—, son agujas. ¿No conoces la pulsera de acero? Pero ¿es que no sabéis nada? ¿Y los puñetazos? Ahí van dos: ¡zas!, ¡zas! En el morro de tus compañeros, que se tambalean hacia detrás en sus sillas. Levantadme ahora, corderitos —bromeó Savery volviendo a bajar impasible.

No lo hicieron, desde luego. Abajo, el padre La Cloche se irguió delante de él, apuntándole con el revólver. Una buena patada en el puño hizo saltar el arma.

La Cloche le apretaba los brazos, pero pronto perdió la resistencia y quedó derrotado.

—¿Cómo quiere que viva, capitán? Me ha hecho tanto daño... —suplicó.

—¿Yo?

—¡Demonios! De siete hijos, dos deben ser suyos: Joséphin y Marie-Thérèse. ¿Cree que no lo sé?

—¡Es posible, aunque no cierto! Además, te quedan cinco.

—Solo me gustan esos dos, aunque la verdad es que también los detesto.

—¿Qué pides por ellos?

—No están en venta. Págueme una pensión por los dos.

—No niego que eres astuto. ¿Una pensión y el derecho de darles una tunda cuando te parezca?

—Por supuesto.

Savery se volvió hacia los dos niños.

—Joséphin, Marie-Thérèse, queridos, haced las maletas y seguidme.

—¡No puede ser cierto! ¿De verdad nos quiere a los dos?

—No pienso dejaros con ese animal.

Los niños gritaron de alegría.

—¡De acuerdo, La Cloche! Adquiero la plena propiedad de los dos a cambio de un recibo de quinientos francos, que me firmarás todos los meses.

—¿Quinientos? Me parece bien. Pero... se me encoge el corazón. Los quiero mucho.

143

—Con la bolsa llena uno no tarda en olvidar, ¿verdad, viejo borracho?

Los niños llegaron en ese momento cargados de bultos.

—¿No me vais a abrazar? —les preguntó La Cloche, lloriqueando.

—Sí, con todo mi corazón.

Marie-Thérèse se arrojó primero al cuello de Savery.

—Entonces, ¿es usted mi padre, capitán, mi verdadero padre? ¡Por eso le quiero tanto! Pero, dígame, ¿voy a poder decir que usted es mi padre?

—¡Ni hablar! Para empezar, no estoy seguro de serlo, y, por otra parte, dejarías en ridículo a La Cloche. Dirás que eres mi ama de llaves, mi dactilógrafa…

—¡No sé hacer nada de eso!

—Ya aprenderás. Ahora empieza la vida de trabajo.

Cuando salieron, Savery les dijo:

—Joséphin, tú dormirás conmigo en una hamaca. En cuanto a ti, Marie-Thérèse, añadiremos una planta a la casamata.

—Genial, jefe, así La Cloche no podrá atraparme.

—¿Todavía tienes miedo de él?

—Me pegaba siempre porque no quería que me abrazara.

—¡Pobre criatura! En cualquier caso, esta noche dormiremos en el castillo de Tilleuls. Me han invitado a la fiesta de compromiso de Cora de Lerne con el príncipe de Oxford. Encontraremos un granero para nosotros dos, con un fardo de heno y una cama para la pequeña.

—Qué boda tan extraña —gruñó Joséphin—. ¿Y usted la permite, jefe?

—La he organizado yo. Irás a buscarme mi traje, un chaleco y una corbata blancos y unos zapatos de charol. Encontrarás todo en mi maleta.

Los niños saltaban y ladraban alrededor de él, como si fueran cachorros de perro. De cuando en cuando, Savery se paraba para calmarlos y para darles instrucciones:

—Estad atentos, ¿eh? Creo que el ataque aún no ha terminado. Tened los ojos bien abiertos. Yo no he de hacer ningún esfuerzo; con unos protectores como vosotros, estoy tranquilo.

El castillo de Tilleuls era un largo edificio de la época de Louis-Philippe, hecho de piezas y pedazos, agrandado con pequeñas torres, terrazas y dependencias comunes, enlucidas con un bonito revoque blanco que les confería cierta unidad.

En un ala independiente se encontraba la residencia del príncipe, su séquito y su secretario, Tony Carbett. Después venía la parte principal de la casa, ocupada por los salones y el comedor, y, en la primera planta, las habitaciones del conde Hairfall y de Cora. Al fondo estaban las habitaciones de los invitados, adonde se dirigía en ese momento el capitán guiado por el mayordomo, y, en la planta baja, la cocina y los dormitorios del personal. Las dependencias destinadas al servicio se extendían hasta el macizo torreón en ruinas que antaño era un palomar.

Los grupos se apiñaban en los salones, amigos de Hairfall procedentes de París y de los castillos vecinos, porque

145

el conde, que estaba deseando ver a la joven oficialmente comprometida con el príncipe de Oxford, había tenido tiempo de invitarlos para esa misma noche.

André de Savery causó sensación con su extrema elegancia y su desenvoltura, propia de un gran señor. En la mesa se mostró espiritual, brillante, artista, elocuente y alegre, mostrando su deseo de agradar, sobre todo a Cora, a quien hizo creer que solo se desvivía por su felicidad.

El secretario Carbett no dijo una palabra. Cora, sentada entre él y el príncipe de Oxford, solo tenía ojos y oídos para el capitán.

—Desconfíe, jefe —murmuró Joséphin cuando se encontró con Savery en el vestíbulo. En el castillo habrá entre treinta y cuarenta.

—Mejor, confío en ti.

—No se preocupe, jefe —dijo el niño con convencimiento—. He previsto todo.

—¿Y Marie-Thérèse?

—Ella también. Estamos preparados.

—¡Qué alivio!

Savery y Carbett fueron juntos a la sala de fumar sin dirigirse la palabra. Pero, después de que los invitados se hubieran marchado y de que Cora y el conde Hairfall se hubieran retirado por el largo pasillo que llevaba a sus habitaciones, Tony Carbett se interpuso de repente entre Savery y la puerta de la estancia donde estaba entrando.

—Tengo varios asuntos graves que contarle, capitán.

—Entre nosotros las cosas solo pueden ser graves —respondió Savery.

—¿Por qué?

—¡Porque queremos a la misma mujer!

—Me lo ha demostrado, capitán, diría incluso que de forma violenta.

—¿Quién me obligó a emplearla?

—Por suerte hay un tercer ladrón que desea también a Cora y que arreglará nuestras diferencias.

—Pienso ayudarlo con todo mi corazón —afirmó el capitán.

—Hace diez años que preparo su boda.

—Lo que no le impide perseguir sus propósitos.

—Oxford me lo debe todo.

—¿Y usted no le debe nada?

—Nada. Soy una de esas personas que no deben nada a nadie.

—¿Ni siquiera a mí?

—¿A usted? ¡Un navajazo, el día menos pensado! Aunque lo lamentaría, porque estamos destinados a entendernos.

—No creo.

—¿Tiene algún prejuicio sobre mí?

—No, solo siento disgusto.

—Un disgusto injustificado. Lo comprenderá…

—¿Por qué?

—Me explicaré.

Carbett se encendió un puro. Tres o cuatro metros separaban a Savery de la puerta y lo aislaban en el pasillo. Escrutó a Carbett. Su figura era sin duda interesante. El aspecto bárbaro tenía su origen en la expresión de energía que el inglés se imponía para ocultar una timidez natural que Savery había presentado en varias ocasiones.

Sus ojos eran de color azul acero. El labio superior, casi siempre levantado, dejaba ver a la izquierda unos dientes de lobo, blancos y crueles. Si algo no le engañaba, era su aire de extrema arrogancia. Más tarde, André de Savery supo que era de extracción bastante humilde, ya que era hijo de un mozo de cuadra y de una mujer de la calle, de manera que su origen le impedía sentirse cómodo en el medio elegante donde se movía como un *outlaw* a caza de una fechoría.

Carbett repitió:

—Me explico. Soy eso que llaman un *self-made man*, un hombre que se ha hecho a sí mismo. Instrucción, educación, situación social y mundana, potencia muscular, dirección, salud, yo me ocupo de todo sin ayuda de nadie. Llegué a conseguir tal prestigio que, sin casi referencias ni recomendaciones, hace veinte años me eligieron como preceptor del príncipe Edmond, como profesor de boxeo y equitación y compañero de viaje, entre otras cosas. Era un imbécil al que su familia rechazaba. Lo convertí en lo que es ahora, un caballero honrado, recto, deportivo, que tiene un lugar en el mundo y que sabrá conservar el que yo le reservo. Incluso le he instilado una ambición: la mía.

—¿Qué pretende usted?

—Que sea rey para reinar bajo su nombre.

—No tiene ninguna posibilidad: el hermano del rey actual está sano.

—El reino de Gran Bretaña no es el único. Sé de otros diez que están en venta o a los que es posible acceder. Poseo el genio de la intriga y carezco de conciencia.

—Estupendo, la falta de conciencia es una cualidad fundamental. Cuando se presenta un obstáculo, usted lo suprime.

—Me he topado con cuatro: tres de ellos ya no existen.

—¿Y el cuarto?

—Es usted.

—¡Caramba! Lo tiene difícil.

—Lo sé. He trabajado con Herlock Sholmès. En una ocasión me dijo: «Si alguna vez se enfrenta a Arsène Lupin, abandone, porque estará derrotado de antemano».

Savery hizo una reverencia.

—Me halaga usted. ¿Entonces?

—Lo compro.

—Una palabra malvada y un proyecto estúpido. Soy más rico que usted.

—Puede que sea más rico que yo —dijo Carbett—, pero menos que Inglaterra.

—¿Significa eso que representa a Inglaterra?

—Puede ser…

—¿Qué quiere usted de mí? —preguntó André de Savery—. ¿Qué tiene que ver Inglaterra con este asunto?

Carbett guardó silencio, apurado. Por fin, dijo con humildad:

—Nos gustaría contar con su colaboración.

—¿Para qué?

—Es muy complicado…

—¿Aún más? Le ruego que se explique. Me horrorizan los enigmas.

—Está bien. Es cierto que me ocupo de los proyectos e intereses de mi país, pero también tengo los míos y los dos no siempre coinciden. Si nos asegura su ayuda o, cuando menos, su neutralidad, sería maravilloso.

El capitán se encogió de hombros.

—Qué oscuro y misterioso es todo eso —comentó en tono burlón—. ¿De verdad piensa que me voy a mezclar en unas intrigas tenebrosas de las que ni siquiera me ha explicado la forma?

—Le he confiado demasiados secretos. Si se niega a participar, tendré que matarlo.

—Me niego. Me gusta la claridad y una persona como usted no dice nada de valor.

El inglés sacó su revólver. Savery soltó una carcajada.

—Por lo que veo, Herlock Sholmès no le dijo que jamás entablo una conversación peligrosa sin haber descargado antes las armas de mi adversario.

—Estaba solo en mi habitación. Recargué la mía hace cinco minutos.

—Con balas falsas, sin pólvora.

Carbett se exasperó.

—Ahora lo comprobaremos, voy a disparar.

—Si eso le divierte...

—Vamos, compañeros —dijo el inglés movilizando con un ademán a sus cómplices, que se habían concentrado en el pasillo.

Veinte brazos se extendieron y se oyeron veinte aplausos. No se oyó, sin embargo, ninguna detonación ni el silbido de las balas.

—Habréis notado —dijo Savery— que no he dado ninguna orden. Uno de los jóvenes amigos que velan por mí tuvo la precaución de desarmarle, de acuerdo con mis principios.

—No del todo —lo corrigió Carbett.

De hecho, sus cómplices rodearon al capitán armados con navajas.

—¡Bah! —exclamó este riéndose, las navajas no pueden con un *browning*.

—No tienes ninguno. Vacié tus bolsillos hace una hora.

—Me sorprendería que mi secretario no haya tenido la precaución de procurarme uno.

En ese momento, en el viejo techo de vigas del pasillo se activó algo: un *browning* descendió atado a un hilo hasta quedar delante de la cara del capitán, que lo agarró y apuntó con él a sus asaltantes.

Una detonación. Uno se desplomó. Los demás huyeron, pero algunos regresaron mientras Savery intentaba abrir la puerta dándoles la espalda.

Carbett se burló:

—Está cerrada con llave. ¿No lo habías previsto?

—Los demás deben de haberlo previsto por mí. Esperaré.

El rechinar de una llave. El picaporte se movió. La puerta quedó abierta.

—Marie-Thérèse —exclamó Savery al ver a la muchacha menuda y pálida, resplandeciente de alegría.

Salieron y volvieron a cerrar con llave la puerta, que alguien aporreó enseguida con violencia.

—Tardarán diez minutos en tirarla abajo —afirmó el capitán.

151

—Pero para entonces usted ya estará lejos. Por las ventanas...

—No, están enrejadas.

—¿Entonces?

—Por ahí —dijo Savery abriendo un armario empotrado que, oculto por la tapicería, daba acceso a una escalera, por la que bajaron.

Mientras descendían, André de Savery abrazó con ternura a Marie-Thérèse.

—Me has salvado —dijo—. ¿Cómo os arreglasteis Joséphin y tú?

—¿Sabe usted, jefe, que el padre La Cloche se casó por sexta vez con una criatura abominable, sucia y viciosa, llamada La Limace? Desapareció hace dos años. La Cloche le pegaba, como de costumbre. Pues bien, hoy me he llevado la sorpresa de encontrármela aquí, como pinche. Me quería mucho, porque yo la defendía y le daba de comer a escondidas, si no, se habría muerto de hambre. Ella le conocía, capitán, de la época en que usted solía venir a la fábrica de ladrillos, y me enseñó la escalera, además de la trampilla del techo.

—Hizo mucho más —terció Joséphin—, me llevó al dormitorio de Tony Carbett y también al cazador de cabelleras.

Cuando, a la mañana siguiente, avisaron de que el desayuno estaba listo, Savery se dirigió hacia el comedor. Al cabo de diez minutos, Tony Carbett se reunió con él. Fue recibido por un coro de carcajadas. Tenía la cabeza totalmente rapada, hasta el cuero cabelludo. Además, había perdido el bigote, las cejas y las pestañas.

Lloraba de rabia. Gruñendo, amenazó a Savery con un puño:

—Esto me lo pagará con la vida.

—¿Qué ocurre, Carbett? —preguntó Edmond de Oxford—. ¿Quién le ha pulido el cráneo? ¡No es propio de usted!

Fourvier, que había sido invitado a la velada y que había dormido allí, explicó al conde Hairfall bajando la voz:

—Solo pueden haberlo hecho los amigos del capitán. Me contó que parte de sus alumnos tienen la misión de rapar a los tristes personajes que ponen en peligro el honor de las mujeres, sobre todo de las jóvenes. El señor Carbett ha sido castigado por una cobardía de ese tipo, sin duda.

Edmond de Oxford lo oyó.

—Calumnias, señor —declaró Carbett.

—Miente, señor —terció Savery—. Esta mañana fui testigo de la agresión que tuvo lugar en la casa solariega a la que llevó a la señorita de Lerne después de haberla secuestrado.

—¡Mi novia! —exclamó el príncipe de Oxford.

—Sí, señor, su novia, ante la cual acuso abiertamente a ese miserable.

El príncipe de Oxford protestó:

—Pero ¡eso es imposible! ¿Verdad, Carbett? ¡Defiéndase usted, demonios!

—Cuando el que acusa es Savery, nadie se defiende, señor.

153

El príncipe se abalanzó sobre él, pero Cora se interpuso.

—Señor, soy la única con derecho a juzgar la manera en que Tony Carbett se comportó conmigo y a lamentarme de ella o a desdeñarla. Le ruego que no atribuya a este incidente más importancia de la que merece.

El príncipe vaciló.

—Tendré en cuenta vuestra petición, Cora —concedió al final—. Carbett es un fiel compañero, me sorprendería que me hubiera traicionado. No se hable más.

—De acuerdo, señor, no se hable más —dijo Savery haciendo una reverencia—. Tony Carbett y yo resolveremos un día esta cuestión.

—¡La he resuelto yo! —lo interrumpió el príncipe de Oxford—. Carbett es amigo mío.

El conde Hairfall, que estaba al lado de Cora, le susurró:

—La acusación es cierta, ¿verdad?

—Sí, pero no he querido hacer pública su ofensa, pero, dado que Carbett vive bajo su techo, me parece prudente abandonar el castillo durante varias semanas para eludir su venganza.

—¿Qué pensará Oxford?

—Que piense lo que quiera. Le diré que voy a hacer una excursión en coche con una amiga.

—¿Se casará con él de todas formas?

Cora miró a André de Savery con aire desafiante.

—Por supuesto —respondió ella—, ¡dado que es lo que el capitán desea! Me casaré con él a pesar de Tony Carbett.

André de Savery no reaccionó a la provocación. Tras reflexionar un momento, enfurruñado, murmuró:

—Tiene razón, Cora, debe irse por prudencia, porque creo que el enfrentamiento aún no ha terminado. La acompañaré en coche a París y por el camino hablaremos de lo que debe hacer.

X

La fortuna de Lupin

Cora de Lerne y André de Savery decidieron comer en el castillo de Tilleuls. La comida fue tranquila: Tony Carbett asistió a ella sin decir una palabra.

A continuación, Cora organizó los preparativos de su viaje.

El conde Hairfall puso a su disposición uno de sus coches y a un chófer para que fuera a París en compañía del capitán de Savery. La joven ordenó que hicieran sus maletas y se despidió del príncipe de Oxford, que aceptó cortésmente el viaje fantasioso de su novia por un tiempo indeterminado.

Entre tanto, Savery se reunió con Joséphin y Marie-Thérèse, que montaban guardia en las inmediaciones de la casa.

—Tengo que confiaros una misión importante, pequeños. Vigilad muy de cerca las acciones y los gestos de Tony Carbett. Si sale, no le perdáis de vista. Si se encuentra con alguien desconocido, uno de los dos deberá

seguir al nuevo personaje, mientras que el otro no se se-
parará de Carbett. ¿Entendido?

—Sí, jefe. ¿Dónde podremos ponerle al tanto de las
novedades?

—Da igual la hora que sea, apenas os enteréis de algo,
venid enseguida a verme, juntos o separados, a París, aquí
tenéis la dirección. —Les entregó una nota que había preparado de antemano y añadió—: Os necesito en ese sitio.

Tras ponerse de acuerdo, los dos niños se marcharon
rápidamente.

A eso de las cuatro, Cora y Savery salieron de Tilleuls
en dirección a la carretera que llevaba a París.

—No olvide —dijo Savery— que me ha prometido venir conmigo a la casamata. A las cinco tengo allí una cita
que le interesará, una cita con el célebre sabio Alexandre Pierre.

—Me lo imaginaba. Dé las instrucciones necesarias
al chófer.

Se desviaron para aparcar cerca de la casamata, e hicieron el resto del camino a pie. Entraron. Ante ellos se
abrió un gran túnel recto de unos trescientos metros, ilu-
minado por unas claraboyas que enviaban la luz desde
lo alto. Llegaron a una primera sala parecida a una cate-
dral y sostenida por un pilar central, en la que termina-
ban también otros caminos.

—¿Es aquí donde esconde su fortuna? —preguntó ella
en tono casi temeroso.

—Solo un poco de polvo de oro legítimamente obtenido. No es un gran qué. El resto se encuentra en diferentes lugares, principalmente en la Aiguille Creuse, en Étretat,[5] en la orilla de la Barre-y-va,[6] y en las abadías del Pays de Caux.[7] Diseminar es preservar. Los bancos son demasiado accesibles a la codicia, prefiero el oro y las piedras preciosas. Pero ¿le preocupan tanto esas riquezas?

—Sí, la enorme cuantía de la cifra me impresionó. Si quisiera a una mujer, debería preocuparle muy poco si ella tiene o no una buena dote. No subordinaría la boda a su existencia, como hace de forma bastante mezquina el príncipe de Oxford, pretextando ciertas razones políticas.

—Un hombre como yo no considera el matrimonio —la interrumpió secamente Savery—. Un destino como el mío, tan arduo, me convierte en un solitario.

Cora le lanzó una mirada fugaz, pero no replicó.

Salieron de uno de los subterráneos, que comunicaban entre sí, y se encontraron con Alexandre Pierre en lo alto. Era un gran señor con una perilla blanca. Savery se apresuró a hacer las presentaciones. Había conocido al sabio en la corte de Inglaterra, en el momento en que este se disponía a viajar a América para realizar grandes proyectos científicos sobre el uso del calor de las corrientes profundas de los océanos.

—Cuénteme —dijo el capitán—, ¿lo ha conseguido, señor Pierre?

5. Ver *La aguja hueca.*
6. Ver *La Barre-y-va.*
7. Ver *La condesa de Cagliostro.*

—No, he fracasado. Tenía quince millones de fortuna personal: abandoné el proyecto cuando los perdí en los primeros gastos.

—Y en América, el país de los grandes capitales, ¿no encontró gente devota de la ciencia y con el valor suficiente para financiarle?

—No, a nadie.

—Es desagradable. ¡Los sabios no deberían ocuparse de esas cuestiones accesorias!

—Quizá sean accesorias, pero también son esenciales, en cualquier caso.

—¿Y si yo le procurara lo que necesita? —le ofreció Savery.

Alexandre Pierre alzó los brazos y soltó una sincera risotada.

—¡No tendría bastante!

—¿Quiere quince mil millones? —le propuso el capitán, impasible.

—¿Está bromeando?

—En absoluto, se los daré. No puedo firmarle un cheque para convencerlo, sería insuficiente, porque tengo poco dinero en el banco. Pero realizaré lo antes que pueda otros valores y dentro de quince días le entregaré los primeros mil millones en efectivo; los demás le llegarán cada quince días, porque tendré que vender piedras preciosas, transportar lingotes de oro...

—Pero ¡eso es un sueño! —exclamó el erudito exultante de alegría—. No sé cómo agradecérselo, ¡es maravilloso!

Cora había asistido a la escena sin decir una palabra.

Cuando Alexandre Pierre se hubo marchado, se acercó muy emocionada hacia Savery y murmuró:

—Lo he entendido, amigo mío. ¡Soy yo la que os da las gracias!

XI

Una persecución

Cuando Joséphin y Marie-Thérèse se quedaron solos, después de que el capitán de Savery les hubiera encargado que vigilaran a Tony Carbett, pensaron en la manera de cumplir con su cometido.

Que su jefe les confiara una misión siempre era para ellos un honor que deseaban merecer tanto por la perfección de su plan de acción como por la audacia en su ejecución. Además, después de los graves acontecimientos que se habían producido en el castillo de Tilleuls, comprendían que en esa ocasión estaban en juego cosas importantes y que la seguridad de André de Savery corría peligro.

Así pues, reflexionaron a fondo sobre lo que debían hacer, intentando imaginar los distintos tipos de situaciones a los que quizás iban a tener que enfrentarse. No querían sorpresas imprevistas.

—Cuando se trabaja en equipo —les había enseñado el capitán—, hay que temer la desorganización y las maniobras falsas: todos deben tener unas consignas precisas y unos puntos de concentración.

Precisamente, eran los puntos de concentración lo que debían decidir de inmediato. De manera que Joséphin copió en la hoja de un cuaderno la dirección de París en la que los dos debían presentarse durante la noche. Se la tendió a su hermana.

—Sea cual sea la hora —le explicó—, tanto juntos como separados, tenemos que ir allí para informar apenas nos enteremos de algo. Supongo que es el lugar donde el capitán vive en París; en cualquier caso, no iremos hoy. No olvides que dijo que nos iba a necesitar a los dos. Si un hecho imposible de prever nos separa, no pierdas tiempo esperándome y ve enseguida valiéndote de tus propios medios. Conoces el camino hasta París y te orientarás fácilmente para encontrar la dirección. ¡No eres tan torpe! Además, consultaremos el gran plano que está en las cocinas de Tilleuls. ¿Tienes dinero? Es importante, porque lo necesitarás si al final debes ir sola.

—He vaciado mi hucha, tengo más de cincuenta francos —dijo Marie-Thérèse con orgullo.

—¡Estupendo! Yo también —constató Joséphin después de haber hecho inventario de su monedero—. Además, tengo el revólver. ¿Has cogido el que te di? Nunca se sabe.

—Sí, está en el bolsillo de mi chaqueta.

—En ese caso, somos un equipo perfecto.

Los dos niños habían llegado al castillo y entraron en él sin que nadie se lo impidiera: el capitán de Savery los había llevado allí y el portero los había reconocido.

—Lo primero, el plano —dijo Joséphin con gravedad. Entró en la cocina y estudiaron atentamente, aunque no sin cierta dificultad, su itinerario, que figuraba en una gran hoja de color clavada en la pared.

Los criados, que a esa hora estaban sirviendo el té, no los molestaron. En cualquier caso, Marie-Thérèse vigiló las idas y venidas del mayordomo para poder preguntarle en tono indiferente, como si fuera una niña curiosa.

—¿Hay mucha gente en el comedor?

—¡Oh, no, no es como ayer! Están el conde, el tonto del príncipe de Oxford y el espantoso Carbett.

—Ah, ¿el señor Carbett está allí? Claro que no se atreverá a salir con esa calva, ¡qué risa!

—No crea, sale, ese no se arredra ante nada; hace poco dijo que iba a hacer un recado y me empujó, porque, en su opinión, no iba lo bastante deprisa. Qué desagradable es.

Era todo lo que la muchacha quería saber. Además, gracias a la información que le había procurado el mayordomo, ya no iba a tener que hacer acrobacias para espiar al inglés en su habitación. Tras escabullirse del parloteo del criado, que había empezado a contarle que el capitán Cocorico y la «gallina de lujo», según los llamaba él, se habían marchado, se apresuró a reunirse fuera con su hermano para referirle lo que había descubierto.

—Bien hecho, mi niña —dijo Joséphin—. No tienes un pelo de tonta, ¿sabes? Ahora nos quedaremos aquí, tan tranquilos: lo único que debemos hacer es vigilar la carretera para ver si Carbett se marcha por ella, es fácil. Lo seguiremos de lejos y, si se encuentra con alguien, nos amoldaremos a la situación. Supongo que recuerdas que,

169

en ese caso, debemos separarnos para seguir, uno al desconocido y el otro a Carbett. Nada de líos: yo me encargaré del nuevo y tú continuarás con el inglés. ¿Entendido? Nos veremos en París, en la dirección que sabemos.

—Entendido.

Cuando Tony Carbett salió, los muchachos pudieron seguirlo sin ninguna dificultad por el mismo camino sin que los viera: caminaba a buen paso, con la cabeza inclinada, absorto en sus pensamientos.

—Apuesto lo que quieras a que va al Zône-Bar —susurró Joséphin al cabo de un instante—. Apretemos el paso y abramos bien los ojos, porque va a conversar con alguien.

Como habían previsto, llegaron a la puerta del café familiar y el inglés entró en él. Con un movimiento rápido, Joséphin se deslizó en el interior y, al ver que Carbett se dirigía hacia la barra, se escondió detrás de ella, no muy lejos del dueño, mientras Carbett se acodaba delante del gran mueble brillante y lleno de botellas y vasos.

—Buenas noches.

—Buenas noches, señor Carbett. ¿En qué puedo servirle?

—Me gustaría que enviaras a alguien a buscar a Double-Turc y a sus dos compañeros. Los necesito.

—Eso es fácil, en un momento está hecho.

Volviéndose hacia Joséphin, que estaba a su lado, escuchándolos en silencio, como si esperara el momento de poder hablar, dijo:

—Vaya, el crío de La Cloche, ¿sabes dónde está la madriguera de los tres asesinos?

—Sí, señor.

—Ve y diles que vengan. ¡Corriendo!

Cuando se disponía a marcharse, Carbett lo detuvo.

—Escucha..., no... Los tres no, son demasiados. ¿Cómo es Fouinard, el jefe?

—Es el más despabilado —dijo el dueño.

—En ese caso, que venga solo Fouinard, será suficiente.

—Voy enseguida, señor —dijo Joséphin.

Echó a correr.

—¿Es seguro... ese crío?

—¡Desde luego! Es el pequeño La Cloche, su padre no vale gran cosa, ¿sabe?, es trapero, ¡un viejo borracho!

—Entiendo, muy bien. Dígame una cosa, patrón, búsqueme una mesa tranquila al fondo. He quedado con alguien a eso de las seis, me lo enviará después de que Fouinard se haya marchado. Que no nos moleste nadie. ¿No tiene una sala contigua más tranquila?

—No, está ocupada, están jugando una partida de billar.

—Lástima, pero nos las arreglaremos así.

El patrón lo instaló en la mesa y luego volvió a la barra.

Entre tanto, Marie-Thérèse había deambulado por la sala como un pequeño gato curioso, charlando con los amigos que encontraba sin perder de vista la puerta. En un momento dado, se aproximó también al dueño.

—Por favor, señor, ¿sabe si nuestro padre va a venir esta noche?

—Probablemente sí, pero tú deberías saberlo mejor que yo, ¿no?

—¡Por supuesto que no! Ahora trabajo fuera, por eso me gustaría verlo.

—Espéralo aquí, llegará tarde o temprano, ya sabes que suele tener el gaznate seco.

—¿De verdad puedo quedarme? Gracias, señor.

En ese momento apareció Joséphin caminando a pocos pasos de Fouinard.

Lo enviaron a ver al inglés. Cuando llegó a la mesa, se quedó plantado delante de ella e hizo un vago ademán hacia su gorra en señal de respeto.

—Siéntate —le ordenó Carbett—. Tenemos que hablar.

El criminal obedeció y tomó asiento frente a su interlocutor.

172

Ninguno de los dos se había dado cuenta de que, a espaldas a ellos, Joséphin y Marie-Thérèse habían tomado posesión de la mesa vecina, desde la que podían oír todo lo que decían. Tony Carbett era tan engreído que jamás prestaba atención a lo que le rodeaba.

—Quiero que esta tarde, mejor dicho, esta noche —dijo—, tú, Double-Turc y Pousse-Café estéis libres. Sobre todo, Double-Turc, es el más fuerte.

—No pensábamos hacer nada —respondió lacónicamente el jefe de la banda.

—Bien. Ahora volverás a tu casa, avisarás a tus compañeros y preparareis un paquete de cuerdas resistentes para atar a un tipo delgado y atlético. Además, hace falta una mordaza, para evitar que grite pidiendo auxilio.

—Lo tenemos todo preparado —afirmó con orgullo Fouinard—. Pero ¿correremos algún riesgo?

—No, se trata simplemente de atar y vigilar al tipo hombre para que no pueda moverse ni tratar de molestarme mientras estoy ocupado en otra cosa. Cuando termine, iré a buscaros para dejaros salir, siempre por la puerta, no quiero daños.

—¿Y si nos atrapan?

—Sobre eso, no tenéis nada que temer. Te repito que me aseguraré de que podáis entrar por la puerta: no habrá ni infracción ni tendréis que escalar…, es importante, ¿comprendes lo que significa? Para salir, lo mismo. Hay que evitar complicaciones. En cualquier caso, coged los revólveres, siempre es prudente. Ah, además, aún queda una vieja criada, así que necesitaréis también algo con que atarla y amordazarla.

—¿Cuánto nos dará por todo eso?

—¿Os parece bien dos mil a cada uno?

Fouinard negó con la cabeza.

—¡Es muy poco! Valemos cinco mil cada uno, porque esa historia no es pan comido, patrón, ¡puede tener consecuencias!

—¡Quince mil, estás de broma! Mejor diez mil en total y os lo repartís como os parezca, ya os arreglaréis entre vosotros.

—Bueno, siendo así, quizá lleguemos a un acuerdo…. ¿Piensa adelantarnos algo?

—¡Ni hablar! Sabes de sobra que siempre te he pagado correctamente. Tendrás el dinero mañana por la mañana.

Fouinard se rascó la cabeza pensativo. Carbett se impacientó.

—Escucha, es una necesidad infantil; si os negáis, otros

173

se encargarán de hacerlo, no puedo perder más tiempo, decídete.

—Está bien, está bien, aceptamos. ¿Dónde es?

—Os llevaré en coche: a las doce menos cuarto os espero delante de la gran verja del castillo de Tilleuls. Y ahora esfúmate.

—Hasta la vista, señor Carbett.

Fouinard salió con cara de pocos amigos.

A pesar de que la vil negociación había tenido lugar en voz baja, Joséphin y Marie-Thérèse habían podido captar lo esencial. Habían pedido una limonada, que estaban saboreando a la vez que fingían que se reían, sin perder de vista la puerta por la que podía entrar el padre La Cloche.

Este, de hecho, no tardó mucho en aparecer en el bar. Como de costumbre, se tambaleaba un poco, en un estado próximo a la embriaguez que lo hizo llorar de emoción cuando vio a los muchachos:

—¡Oh! ¡Mis corderitos! ¡Han venido a ver a papá La Cloche! ¡No lo han olvidado! ¡Qué amables!

—Te prometimos que vendríamos.

—Es lo que se suele decir, pero no contaba con ello, me siento muy feliz. Pero ¿qué estáis bebiendo, aguachirle? Pidamos algo que nos anime un poco. Camarero, tres vermús de casis. Es dulce, así que es perfecto para las señoritas.

Joséphin detuvo la orden.

—No, no queremos nada más. Hemos venido a darte un abrazo, pero tenemos prisa, no tardaremos mucho en irnos. ¿Intentarás retenernos cuando queramos irnos?

—Os prometo que no. En ese caso, solo un vermú de

casis para mí, bien cargado. Estos diablillos no han cambiado nada, hacen lo que les da la gana, he sido demasiado débil con ellos. En cualquier caso, me alegro mucho de poder veros un momento para protestar. Erais mis preferidos, esto me recuerda la época tan bonita en que vivíais en casa.

—Sí, para pegarnos, ¿eh?

—¡Por vuestro bien, hay que educar bien a la juventud!

Mientras el camarero servía al padre La Cloche, un joven grande, rubio y elegante se había reunido con Tony Carbett. Los niños se miraron fugazmente y alargaron las orejas sin dejar de hablar con el trapero.

El recién llegado estrechó la mano de Tony Carbett con aire indolente.

—Mi querido amigo —exclamó riéndose—, ¿qué le ha sucedido? ¡Las cejas afeitadas! ¿Se propone lanzar una nueva moda de estrella?

—Es una broma estúpida de gente que lo va a pagar muy caro, se lo garantizo. En cualquier caso, no es importante. Bebamos una copa de oporto, en este local tienen uno bueno, y hablemos de cosas serias.

El camarero se acercó a ellos y Carbett le dijo:

—Oporto del bueno, del mío.

Mientras les servían, hizo algunas observaciones sobre la temperatura y el camino que había recorrido el desconocido sin demostrar gran interés.

—Supongo que ha venido en coche.

—Sí, no estoy solo, ¿entiende?

—¡Ah, él está ahí! Entonces, lo veré.

Joséphin dio un codazo a su hermana y murmuró:

—Los seguiré.

A continuación, escucharon apasionadamente la conversación mientras respondían a las divagaciones del padre La Cloche. Aunque al final se llevaron un chasco, porque los dos amigos dejaron de hablar en francés para pasar al inglés, de manera que no pudieron comprender nada, salvo algún que otro nombre suelto: Oxford, Cora de Lerne, Savery, Lupin..., que pudieron reconocer a pesar de la pronunciación extranjera. Repitieron a menudo «Lupin».

Cuando los gestos de los dos hombres anunciaron que estos se disponían a marcharse, Joséphin abrazó bruscamente al padre La Cloche, que se quedó desconcertado, y salió dejándolo con una frase a medias, después de haber pagado las consumiciones.

—¡Vaya manera tiene de dejarte plantado! —exclamó el trapero encolerizado dirigiéndose a Marie-Thérèse.

Pero la joven no le escuchaba: sin despedirse de él, se encaminó hacia la puerta para seguir a su hermano. Joséphin ya estaba lejos, porque había dado alcance a Tony Carbett y al desconocido, que se alejaban a grandes zancadas. El muchacho intentaba llevarles el paso y, cuando su hermana llegó a su lado, le hizo un ademán en silencio.

Los dos ingleses doblaron a la derecha, luego a la izquierda, por unos pequeños caminos desiertos, que los muchachos enfilaron con cautela. De esta forma, llegaron a la carretera de París, donde había aparcado un elegante coche deportivo. Otro hombre se apeó de él. Grande, con el cuerpo bien proporcionado y ágil, pero visiblemente menos joven que su compañero, se plantó delante de los otros dos y saludó campechanamente a Tony Carbett, con el que luego intercambió unas palabras, de nuevo en inglés, para gran decepción de Joséphin, que había arrastrado a su hermana al otro lado del vehículo. Una vez allí, lo examinó con aire experto.

—Es un bonito coche, ¿sabes? —le dijo a Marie-Thérèse—. Seguro que es de una marca extranjera, ¡y es muy elegante! ¿Ves lo grande que es el maletero? Puede servirme...

Accionó la cerradura sigilosamente y levantó la tapa.

—Está vacío, es asombroso, ¡menuda ocasión para averiguar adónde piensan ir!

—¿Vas a meterte ahí? ¡Estás loco, te asfixiarás! Ten cuidado.

—No tengas miedo, boba, haré entrar el aire levantando la tapa con dos piedras planas grandes que voy a buscar enseguida, ahí abajo hay un montón de guijarros.

Se alejó y volvió casi enseguida con lo que necesitaba. Los tres ingleses estaban hablando al lado del coche, sin preocuparse de los niños, que, detrás de ellos, fingían ser unos mirones tímidos e indiferentes.

Al cabo de poco tiempo, los dos desconocidos estrecharon la mano de Tony Carbett y subieron al coche. El hombre que había ido al Zône-Bar se sentó al volante. Mientras el vehículo se ponía en marcha, su compañero se inclinó y, esta vez en francés, le dijo a Tony Carbett, que estaba en el margen de la carretera:

—El libro, amigo mío, ocúpese enseguida del libro. Es muy importante para nosotros.

177

Carbett asintió con un ademán y echó a andar en dirección opuesta, a todas luces hacia el castillo de Tilleuls, sin esperar a que el coche se perdiera de vista.

Marie-Thérèse había asistido intrigada a la despedida y había oído la recomendación del desconocido.

En cuanto a Joséphin, gracias a una agilidad entrenada, había entrado en el último instante en el maletero, donde se había agachado, y en ese momento se asomaba como un títere para hacer señas y muecas a su hermana mientras el coche corría a toda velocidad hacia París.

XII

Explicaciones

$\mathcal{D}$espués de que el estudioso Alexandre Pierre se hubo marchado, Lupin-Savery y Cora de Lerne salieron de la casamata, se dirigieron hacia el coche y subieron a él.

—¿Adónde vamos ahora, capitán?

—A su casa, mi querida Cora. Debemos ponernos de acuerdo: por el camino le explicaré lo que pienso hacer.

Dio unas cuantas órdenes al chófer y, cuando el coche se puso en marcha, agarró una mano de la joven.

—¿Se encuentra bien?

—¡Sí, claro! ¡Contenta de estar a solas con usted, libre, lejos de los inoportunos!

—¿Es eso cierto?

—¿Por qué duda? Además, ¿por qué insiste en que contraiga ese insípido matrimonio con el príncipe de Oxford? Me prometí con él porque usted quería que lo hiciera, y ahora estoy segura de que jamás podré amarlo, porque sé que quiero a otro hombre.

Savery se sobresaltó y dijo conmocionado:

—¡Calle! ¡Ciertas palabras no deben pronunciarse! Deseo su felicidad, Cora, y pretendo para usted los destinos más altos que puedan corresponderle gracias a esa boda.

—¿De verdad cree usted que la felicidad se encuentra en los altos destinos? No, André, he analizado mucho mis sentimientos en estos días y mi camino es claro. La felicidad, para mí, está en el amor, en encontrarlo, pero sobre todo en realizarlo, esa es mi única ambición. ¡El destino más elevado es vivir con el hombre al que quiero!

—Pero ¿y si vuestra elección no es buena? ¿Y si ese hombre no es libre de llevar una vida normal?

—¡Entonces compartiré su destino con él! Eso no condenará mi elección ni obstaculizará mi felicidad.

—Pero si es un hombre honesto, no tiene derecho a aceptar su sacrificio: si está al margen de la sociedad, debe permanecer ahí. Es usted una criatura adorable, mi pequeña Cora, pero sigue siendo una niña. Deje que la guíe, porque lo único que me preocupa es vuestro bien, deje de apreciar lo que no conoce en su totalidad o no puede entender y no sueñe con lo imposible.

El capitán se había enderezado y, con el dominio de sí mismo que lo caracterizaba, había recuperado la flema y la voluntad de acción.

—Abandonemos esta conversación, ¿quiere? No sirve de nada —dijo con absoluta firmeza.

—Como quiera. La retomaremos más tarde.

—Pero ¡es inútil!

—Se equivoca usted, es indispensable, se lo aseguro.

Savery prosiguió sin replicar:

—Hablemos de los asuntos más urgentes. No debemos olvidar que aún tenemos que ocuparnos de una situación tan irritante como ineluctable. El enemigo no cede, tenemos que desbaratar sus planes, ajustar los nuestros…

—¿Cree no ha sido suficiente alejarnos para estar a salvo? —le preguntó Cora.

—¡En absoluto! Más bien al contrario, creo que nos van a atacar esta misma noche. Desde un punto de vista lógico, es probable.

La joven se estremeció ligeramente. El capitán se apresuró a tranquilizarla con una sonrisa.

—No tema, estará a buen recaudo. No voy a llevarla a su casa, sino a mi pabellón personal. Allí, mi antigua niñera, que ahora es mi ama de llaves, la llevará a un lugar más seguro, donde la vigilará hasta que, mañana como muy tarde, me reúna con usted. Se trata de otra casa que poseo en París: cenará y dormirá allí. En ella hay libros, música, un piano…

—¡Es usted sorprendente, prevé todo, tiene recursos para cualquier cosa!

—Sobre todo, estoy acostumbrado a razonar sobre las situaciones, a analizarlas desde todos los puntos de vista. Es lo que he hecho con esta. Aún me faltan ciertos elementos, sin duda: no logro comprender qué poder oculto incita a Carbett a enfrentarse conmigo, solo intuyo su existencia. Me odia porque la desea, y eso complica lo que debo resolver, porque actúa por su cuenta, aunque para hacerlo tenga que ponerse en contra de los que lo emplean; pero, además, sé que le estorbo, porque es consciente de que podría obstaculizar algunos de sus proyectos.

183

¿Qué proyectos? En principio, compartimos el mismo objetivo: apoyar el ascenso al trono del príncipe de Oxford, él para reinar en la sombra, yo para convertirla en reina.

Cora protestó:

—¡Ya le he dicho que me niego a casarme con él!

—Esa es otra cuestión… Volviendo a Carbett. ¿Por qué insiste en enfrentarse a mí? ¿Qué organismo le da las órdenes y lo financia? Sí, lo financia, porque ha intentado comprarme. ¿Por qué, en nombre de quién? Ahí es donde me pierdo en vanas suposiciones. Tengo una sospecha, pero sería tan grave…, lo cierto es que pronunció una palabra extraña: cuando le dije que era imposible comprarme, porque era más rico que él, exclamó: «¡Pero no más rico que Inglaterra!». ¿Será entonces Inglaterra o, más bien, esa hidra invisible que es su Servicio de Inteligencia? Me falta un eslabón para tener la absoluta certeza, me muevo con simples conjeturas. ¡Lograré descubrirlo, averiguaré qué relación los une! Con método se desentraña todo, con método y suerte, y la suerte nunca me ha fallado. —Cambiando de tono, añadió—: ¡Pero la estoy aburriendo con mis divagaciones! Me dejo llevar razonando en voz alta ante usted, y eso tiene un sabor indescriptible para un ser tan combativo y desconfiado como yo.

—Aprecio su confianza —murmuró la joven—. Me honra y me alegra.

El coche se había vuelto a poner en marcha tras una breve parada en el denso tráfico parisino y no tardó en llegar al palacete de Lerne. El chófer tocó el claxon para

avisar al portero, que abrió la puerta para que el vehículo pudiera franquear la bóveda; tras hacer una curva im-
pecable en el gran patio cubierto de gravilla, el coche se
detuvo delante de una escalinata.

Cora de Lerne se apeó y preguntó a su compañero:

—¿Quiere que subamos a mi casa o prefiere que vayamos enseguida a su pabellón, dado que debe confiar-
me a su ama de llaves?

André de Savery esbozó una sonrisa.

—No, subamos a su casa, por el momento no tenemos nada que temer. He de recibir a los niños, que vendrán para contarme lo que han averiguado. De hecho,
debo decir al portero que los deje entrar, porque si se lo
impide, los desconcertará.

Dicho esto, se dirigió hacia la portería; al volver, dio
también varias instrucciones al chófer, que no se había
movido de su sitio.

—Quédese aquí y espere mis órdenes. Más tarde tendrá que acompañar a la señora. Luego volverá para aparcar el coche.

—¿Aquí?

—Sí, aquí, la portera le dirá dónde está el garaje. Después quedará libre hasta mañana por la mañana. Vendrá
a recogerme a…, veamos…, sí, a las once. Mañana. Nos
veremos en la calle, delante del palacete. Esta noche puede ir a cenar donde quiera, pregunte en la portería.

El chófer asintió con un ademán y el capitán de Savery
fue a reunirse con Cora. Esta se había instalado en su pequeño salón, delante de un secreter donde, al entrar André, dejó el papel que estaba leyendo.

185

—¿Le molesto? —dijo él en tono sombrío.

—No, usted jamás me molesta. Estaba guardando la carta que me escribió el príncipe de Lerne, siempre la llevo conmigo.

—¿De qué sirve remover tristes recuerdos?

—Se equivoca, ya no son tristes. Es curioso constatar cómo los minutos que nos han hecho sufrir se difuminan, se sosiegan y, al retroceder, adquieren su sentido más profundo: la carta, mejor dicho, el testamento, es mi guía; me orienta y evita que me equivoque de dirección, corrobora mis decisiones, me aconseja y me apoya.

André la miró con pasión. La joven se había quitado el sombrero y la luz del atardecer jugueteaba en su melena rubia, en los largos bucles que enmarcaban su rostro perfecto, donde brillaban sus ojos verdes. Pensó que, delante del mueble y envuelta en esa claridad, tenía verdaderamente el relieve del retrato de Gainsborough cuyo vestido le gustaba copiar a menudo, pero no se lo dijo ni replicó; en lugar de eso, se dirigió hacia una ventana y levantó con impaciencia la cortina.

—Está esperando información, ¿verdad? —preguntó.

—Sí, interesante, además. Mi joven lugarteniente, al que encargué que la recopilara, se está retrasando. Espero que no haya surgido ninguna complicación. ¡Ah!, ahí está —añadió en tono satisfecho regresando al centro de la estancia para recibir a Joséphin.

El muchacho entró. Al ver a la señorita de Lerne, la saludó con timidez, titubeando.

—¿Has averiguado algo? —le preguntó el capitán—.

Puedes hablar como si estuviéramos solos, te escucho. Quédese, Cora, se lo ruego, esto le concierne tanto como a mí.

La joven, que había hecho amago de retirarse, se volvió a sentar, y Joséphin, parlanchín y metódico, empezó a contarles con todo detalle lo que había sucedido esa tarde. Les habló de la visita de Carbett al Zône-Bar, con qué táctica había conseguido ir a buscar al jefe de los asesinos, Fouinard, y las proposiciones que Carbett había hecho al criminal.

—Después anoté punto por punto lo que dijo —afirmó con aire grave—, para asegurarme de no olvidar ni cambiar nada. Estas son exactamente las palabras del señor Carbett: «Un paquete de cuerdas resistentes para atar a un hombre delgado y atlético... Una mordaza para que no pida auxilio. Lo único que hay que hacer es atar y vigilar para que el hombre no pueda moverse mientras estoy fuera, ocupado en otro lugar. No quiero daños. Coged en cualquier caso los revólveres, siempre es prudente».

Alzó la cabeza, desviando la mirada del papel donde había hecho sus anotaciones y dijo:

—Ah, no hay que olvidar que tienen previsto salir a las doce menos cuarto. Pasará a recoger a los tres tipos, que lo estarán esperando delante del castillo de Tilleuls. ¡Conviene saberlo!

Después, retomando la lectura, añadió:

—Habló asimismo de un vieja criada: «Hay que atarla también y cerrarle el pico». Eso es todo. Después discutieron sobre la paga. Carbett les ofrecía dos mil a cada uno, Fouinard consiguió diez mil en total, seguro que robará a sus compañeros.

—Perfecto —dijo el capitán—, ¡salvo por mi pobre niñera! «Una vieja criada a la que hay que cerrar el pico.» Es obvio que se trata de ella. —Miró a Cora—. De ella... y de mí: el hombre delgado y atlético al que hay que atar soy yo. Pero ¡usted no parece convencida! ¿Comprende hasta qué punto tenía razón al temer por lo que podía suceder esta noche? Como ha oído, se encaminarán hacia aquí cuando falte un cuarto de hora para la medianoche, ¡de manera que llegarán cuando un pase un cuarto de hora de la medianoche!

—¡En ese caso, salvémonos los dos, es lo único que podemos hacer!

—¡No! Eso no resolvería nada, volverían mañana. Hay que liquidar el asunto. —Mientras caminaba de un lado a otro, Savery comentó con ironía—: «Que el hombre no pueda moverse mientras estoy fuera, ocupado en otro lugar». ¡Ocupado en otro lugar, es encantador! ¿Se da cuenta de que pretende «ocuparse» de usted, mi querida amiga, y de que por eso viene con los demás? ¡Así pues, se dirige hacia aquí!

—¡Qué horror! —exclamó Cora estremeciéndose.

—Solo que usted no estará aquí, no debe temer...

—Si estuviera aquí, no temblaría. Cuando usted está conmigo, cuando me vigila, no tengo miedo de nada, confío en su intervención benefactora. Por grave que fuera el peligro, no temería nada, esperaría a que viniera a salvarme.

—¿Tanto confía en mí?

—¡Sí!

188

—Nada podría agradarme más que lo que me acaba de decir, Cora.

—¡Es lo que pienso o, mejor dicho, lo que siento! Mis emociones y mi razón concuerdan en ese punto, creen en usted.

—¡Puede creer en mí, sea cual sea la circunstancia! Pero hace un instante me pidió que huyéramos...

—Porque temo por usted.

—¡Oh! Yo tampoco tengo nada que temer, sé defenderme. En cualquier caso, si me lo permite, me quedaré en su casa, así el señor Carbett se encontrará conmigo cuando entre. Sus proyectos galantes no prevén este pequeño cambio de programa. No le haré ningún daño, pero confío en que eso lo desanime y en, que, en consecuencia, os deje en paz. Entre tanto, usted estará lejos, a salvo y vigilada por mi vieja criada.

—¡No se exponga usted, se lo suplico, si lo hace, me causará un gran sufrimiento! —le rogó Cora.

—Es necesario. Ha de saber que no tengo por costumbre huir cuando he de enfrentarme al enemigo. Hasta la fecha, no me ha ido tan mal con esa estrategia. Un peligro conocido, previsto, se desarma de antemano. ¡Carbett encontrará un interlocutor, tranquila!

—Pero ¿y si está armado?

—¡Por supuesto que estará armado! Igual que yo. Además, no olvide que seré yo el que lo espere, no imagina que se va a encontrar conmigo, y eso me da ventaja. Pase una noche apacible, mañana por la mañana me reuniré con usted. Ayúdeme con su sosiego, la necesito. La inquietud me debilitaría, ¿lo entiende?

189

—Sí, conservaré la calma, se lo prometo.

Savery se volvió hacia Joséphin, que lo estaba esperando en un rincón.

—Ven a sentarte a mi lado. Acaba de contarnos lo que has descubierto, porque supongo que tienes algo más que decirnos.

—¡Por supuesto, capitán! ¡Después, todo se enredó aún más!

Acto seguido, les refirió la llegada de un desconocido al que aludió como «el inglesucho». Lo describió meticulosamente, disgustado por no haber podido comprender la conversación en una lengua extranjera. El capitán se sobresaltó y escuchó al muchacho con especial atención, obligándole a precisar los detalles. Cuando supo que en el coche, durante el trayecto, había otro inglés, exclamó con alegría:

—¡Ya está, ya tengo la clave del misterio! —A continuación, precisó el relato de Joséphin, que se quedó maravillado—. ¿Y mientras vigilabas a los dos «inglesuchos» llegaste a la dirección que te di? ¿No te sorprende? ¿Cómo conseguiste seguir al coche?

—Me subí a él, capitán, entré en el maletero de detrás. Cuando llegamos a nuestro destino, salté a toda prisa de él, rodeé el edificio para ver la dirección donde nos habíamos detenido y comprobé que era la misma donde usted me estaba esperando. Fue genial, los inglesuchos me trajeron hasta aquí sin saberlo.

El capitán lo felicitó.

—Muy bien, muchacho, me refiero a la idea del maletero. Demuestra presencia de ánimo, es una hazaña deportiva no exenta de riesgo. Pero ¿qué hizo tu hermana entre tanto?

—La dejé plantada en la carretera, supongo que no tardará en llegar.

El timbre anunció una visita. El capitán puso la oreja.

—Debe de ser ella —dijo.

En efecto, Marie-Thérèse entró sonriente. Savery se apresuró a presentársela a la señorita de Lerne:

—Marie-Thérèse La Cloche, una ayudante de primera categoría que ahora completará el relato de su hermano. Habla, querida. Estamos al corriente de todo lo que sucedió hasta que el coche donde Joséphin viajaba en el maletero se puso en marcha.

—No sabe lo rápido que saltó —dijo la joven—, en marcha.

—¿Dónde estabas tú?

—¿Yo? Me quedé en la carretera. Fingí que me divertía ver cómo se alejaba, el señor Carbett estaba a un lado. El inglesucho más grande le gritó algo y por suerte lo habló en francés.

—Lo dijo en francés, ¡no sé cuántas veces te he corregido ya esa terrible falta!

—Perdone, capitán, siempre se me olvida. Gritó, en francés, unas palabras. Luego las escribí. Espere. —Sacó una hoja de un bolsillo de su chaqueta y leyó—: «El libro, amigo mío, ocúpese enseguida del libro. Es muy importante para nosotros».

—Vaya, vaya —murmuró el capitán.

Marie-Thérèse prosiguió:

—Eso fue lo que gritó el inglesucho grande. El señor

Carbett asintió con la cabeza, luego dio media vuelta y se encaminó de nuevo hacia el castillo, sin esperar a que el coche se alejara. Por suerte, porque al imbécil de Joséphin le dio por asomarse por el maletero para hacer el mono mientras se iba perdiendo de vista. Lo habría descubierto.

—Pero no fue así y todo salió bien. ¿Qué hiciste después?

—¿Yo? Seguí al señor Carbett para asegurarme de que no volvía al Zône-Bar y, cuando entró en el castillo de Tilleuls, en un primer momento pensé en esperarlo, pero luego me dije que era una idea estúpida, que era mejor coger el tren de París para venir aquí, porque cuando pierdes uno, luego debes esperar mucho, por suerte enseguida salía uno y aquí estoy.

El capitán la felicitó:

—Hiciste lo correcto. Los dos habéis trabajado de maravilla y os lo agradezco, pequeños. Pero esto no ha terminado. Ahora vamos a tener que recibir a esos canallas como se merecen. —Volviéndose hacia Cora, añadió—: Yo me encargaré de Carbett, será un placer especial: aguardaré aquí su visita. En teoría, sería suficiente que a los tres malvados les saliera el tiro por la culata en mi casa, pero no lo es, ¡necesitan que les den una buena lección y la tendrán!

—¿Qué piensa hacer? —preguntó Cora angustiada.

—Les haremos caer en una trampa, como se hace con las bestias malignas. Como temo las sorpresas desagradables, he hecho instalar en mi puerta un pequeño dispositivo eléctrico de primera categoría que luego podrán comentar, ya que van a estrenarlo. Ahora iré a mi casa con los muchachos para explicarles cómo funciona el aparato: ellos lo manejarán, es muy sencillo y no requiere ningún esfuerzo. Acompáñenos, Cora, así podrá ver todo antes de marcharse con mi niñera, vale la pena. También le enseñaré «el libro» que tanto les interesa a los señores ingleses: es un valioso legado que Napoleón dejó a uno de mis antepasados, que fue general del imperio. Contiene secretos sobre Inglaterra.

—Me inquieta una cosa: ¿quiénes son los ingleses del Zône-Bar que, por lo visto, conoce? No me atrevo a imaginar... ¿Qué es lo que intuye? Me siento confusa.

—Veamos, los ingleses del Zône-Bar son sus amigos, querida, ¡los dos mosqueteros más elegantes de los cuatro! Son mucho menos banales de lo que creíamos, ¡porque hay que ser muy fuerte y no demasiado inocente para camuflarse así!

—¿Donald Dawson y William Lodge?

—¡Sin duda! Confieso que ni en Londres ni en París sospeché ni por un momento de su aparente despreocupación, que consideraba típica de un par de ociosos esnobs. Sobre todo en el caso de uno de ellos, porque Lodge solo es amigo y secretario de Dawson, ¡y Dawson sabe tanto de arqueología! De repente, vi caer un velo. Ahora comprendo los puntos oscuros, entiendo la trama en su conjunto. —El capitán calló un momento con aire ensimismado y luego añadió esbozando una sonrisa terrible—: Mañana por la mañana me mediré cara a cara con el señor Dawson, ¡será muy interesante!

—¿Mañana por la mañana? No olvide que ha dicho que vendrá a verme. No pensará dejarme sola sin saber lo que ha sucedido. ¡Eso espero!

—Pasaré a verla a eso de mediodía. ¡Vamos! No tenemos tiempo que perder: ¡la lucha aún no ha terminado!

Savery hizo salir a los niños, tendió su sombrero a Cora y los cuatro se encaminaron hacia la sacristía de la capilla en desuso donde vivía.

XIII

Un atentado fallido

—¡Cucú! ¡Soy yo! ¡Volvemos a vernos! ¿Contento?

Tony Carbett reculó aterrorizado. Acababa de romper sin dificultad una ventana de la planta baja del palacete de Lerne, privada voluntariamente de la protección de las persianas, y estaba saltando al interior del salón, regodeándose con la idea de que no tardaría en entrar en la habitación de Cora, cuando la luz se encendió, iluminando la estancia: el capitán de Savery, apoyado en la puerta del fondo, lo miraba con aire sarcástico. Previendo un gesto del inglés, lo apuntó bruscamente con un revólver y gritó:

—¡Arriba las manos! ¡Arriba las manos de inmediato! No te muevas o disparo.

Encolerizado, pero vencido, Carbett obedeció.

El capitán prosiguió:

—Por lo demás, voy a ser yo el que se acerque a ti, es más educado, ya que tengo el placer de recibirte. Además, ya sabrás que voy a registrarte, una pequeña formalidad tratándose de un personaje de tu calaña.

Mientras hablaba y sin dejar de apuntarlo con el arma, el capitán se acercó al delincuente, que había palidecido de miedo y de cólera al comprobar su impotencia. Con una mano apoyó el cañón del revólver en el pecho del inglés y con la otra rebuscó a fondo en los bolsillos, de donde fue sacando una pistola automática, varias llaves, un puño americano de acero, una navaja de muelle, una ampolla con una sustancia anestésica y un pañuelo de seda. Guardó todo en la ropa que llevaba puesta, salvo las llaves, que volvió a meter en uno de los bolsillos de Carbett y observó:

—¡Cuántas municiones! ¿No sabes lo poco elegante que es visitar a una mujer hermosa con unos trastos tan miserables como estos? ¡Es evidente que necesitas que te eduquen, no sabes lo que son las buenas maneras! Además, con la cara afeitada resultas siniestro, pero ¿es que no te das cuenta?

Carbett replicó apretando los dientes:

—En cualquier caso, mi cara es mejor que la de gigoló que tiene Lupin. Porque eres Lupin, el nombre de Savery ya no engaña a nadie.

—¡Por supuesto que soy Lupin, y estoy orgulloso de serlo! No te excites, amorcito, sé prudente. El nombre de Savery es legal. Estoy en regla, debes saber que siempre lo estoy. A propósito, habrás visto que te he devuelto las llaves, pueden hacerte falta para entrar en tu casa.

—¡Te conviene, demonios!

—¿No me lo agradeces? Creo que deberías hacerlo.

—Eso no impide que la señorita de Lerne sepa que eres Lupin.

—¡Y dale con Lupin! He de reconocer que perseveras en tus ideas, a menos que no tengas mucho cerebro. Para tu tranquilidad, la señorita de Lerne no sabe nada, no creas, pero se enterará mañana oficialmente, porque tengo intención de decírselo, no hago las cosas a escondidas. Así pues, tu graciosa intervención es del todo inútil. Siéntate y hablemos, ahora que estás desarmado te voy a librar de la amenaza de mi revólver, porque, si te mueves, sabré cómo calmarte.

Savery volvió a meterse el arma en el bolsillo, donde tenía las que había arrebatado a Carbett. Tomando asiento, dijo:

—Hablemos un poco, sí. Esta noche has tenido la delicadeza de traer a unos matones para que me ataran, de forma que no pudiera socorrer a Cora de Lerne. No lo niegues, lo sé. El problema es que no eres muy astuto y no sabes prever las cosas; de hecho, ella se ha refugiado en otro lugar. Así pues, te has encontrado conmigo en casa de Cora. Mi casa está vacía. Y, en cuanto a los cobardes de tus secuaces, ahora podrás ver qué ha sido de ellos. Vamos a ir a verlos para que puedas admirar hasta qué punto saben ser amables.

Carbett se sobresaltó. El capitán lo apaciguó.

—Tranquilo, están vivos, ilesos incluso, te los hemos dejado, los echarías demasiado en falta; solo necesitaban una dolorosa advertencia, creo que han comprendido..., y tú también. No sirves para combatir a un hombre como yo, que tiene otros métodos y que puede permitirse darte unos cuantos consejos.

Carbett lo escuchaba con impaciencia, inmóvil.

Al final, lo interrumpió en tono triunfal:

—¡No te pases de listo, Lupin, tú también recurriste a los tres asesinos!

—Sí, para transportar unos sacos o, mejor dicho, para transportarme. ¿Recuerdas los sacos de oro y la manera en que entré en uno de ellos, igual que hizo Cleopatra con César? ¡Cuánto te irritaste ese día! Sí, recurrí a la fuerza física de esos pobres diablos por una causa justa. Por otra parte, no tenía otro remedio, dado que tú también les habías pedido que transportaran los sacos que yo iba a utilizar para entrar en tu casa. Es normal. Tú te vales de su vileza para hacer el mal, qué mezquino. Y ya que hablamos, aprovecho para decirte que pagas una verdadera miseria, escatimas, eres ruin, tremendamente torpe... Te falta método y capacidad de previsión. Por si fuera poco, te desvías de tu objetivo para satisfacer tus vulgares pasiones. ¿Qué es eso tan importante que tenías que hacer esta noche? Encontrar en mi casa el libro que tu jefe te pidió que le llevaras. Pero no, ¡el señor primero se ocupa de sí mismo y va a coquetear a casa de las damas!

Carbett había palidecido.

—¿Mi jefe? —balbuceó.

—¡Por supuesto que tu jefe! ¿Crees que sigo ignorando quién te da las órdenes, a qué colosal organización obedeces? No tardaré mucho en hablar con tu jefe y le diré que no sabe elegir a sus ejecutores. Deja de ocuparte del libro, trataré la cuestión con él y aprovecharé la ocasión para pedirle que te envíe de vuelta a tu país o a donde sea.

—Reenviarme..., será si quiero —refunfuñó Carbett.

—No te hagas ilusiones, tendrás que hacerlo, tanto si quieres como si no. No eres más que un sirviente, un simple engranaje en una enorme maquinaria cuya importancia no alcanzas a ver como yo. Cuando un agente del Servicio de Inteligencia fracasa en una misión, cambia de país, cualquiera lo sabe.

Abrumado, Carbett había dejado de protestar. El capitán se levantó y se irguió cuan alto era.

—Sí, soy Lupin, ¡lo proclamo y estoy orgulloso de serlo! Estás vencido, ríndete.

Dicho esto, se acercó al inglés y le dio unas palmaditas en un hombro.

—Pero ahora vamos a liberar a tus bonitos pájaros, los tres asesinos, ya han pagado bastante por sus malas intenciones. ¡Ven!

201

Carbett obedeció, desorientado.

Al llegar a la puerta, Arsène Lupin sacó un estuche y se lo tendió.

—¿Un cigarrillo?

—¡No! —respondió el inglés lleno de odio.

—Te equivocas, hay que tener sangre fría, algo de lo que careces por completo. En el fondo, no te guardo rencor, solo eres un mal aprendiz que ha pretendido participar en el juego sin los medios necesarios para instruirse. —Tras encenderse un cigarrillo, prosiguió—: Te advierto de que es inútil que abajo intentes apoderarte del libro en última instancia: el original está a buen recaudo, solo poseo una copia, que mañana pondré a disposición del señor Dawson. Te lo digo porque eres tan ingenuo que jamás habrías llegado a sospecharlo por tu cuenta. ¡Vamos!

Lupin lo arrastró y los dos hombres se dirigieron hacia la escalinata del palacete.

XIV

Atrapados

$\mathcal{A}$ntes de que Tony Carbett llegara, André de Savery había llevado a su casa a Joséphin y a Marie-Thérèse y les había explicado en pocas palabras cómo se manejaba la máquina genialmente simplificada que dirigía el equipo eléctrico con el que trataba de impedir que alguien entrara en ella.

Joséphin pataleaba entusiasmado.

—Esos tres caerán como ratas. ¡Es asombroso!

El capitán trató de calmarlo.

—Creo que los atraparemos, mi querido niño, pero no te precipites antes de tiempo, mantén la sangre fría y no olvides nuestra disciplina moral.

—Me callo, jefe, pero aún debo preguntarle una cosa: ¿es posible que su casa no dé solo al muro de la calle? ¿Tiene también una fachada que da a los pabellones y los jardines que veo en el interior de la propiedad que hay al otro lado?

—Así es, de hecho, es la verdadera entrada, la entrada de honor.

—¿Y si ellos vienen por ahí? ¡Si saltan el muro por el otro lado para atravesar el terreno y evitar el recibimiento que pueden tener aquí, me meterán en un buen lío! ¿Qué se supone que debo hacer en ese caso?

André de Savery esbozó una sonrisa.

—No hay mucho que temer por ese lado, porque para ellos será más sencillo entrar por la puerta de la calle, ¡que Carbett les abrirá! De esa forma, evitan cometer allanamiento, que siempre es arriesgado. Normalmente, hay que prever lo que resulta más cómodo para el asaltante. Así pues, me alegra que hayas considerado esa posibilidad, eso demuestra que empiezas a fijarte y a preparar seriamente los asuntos. ¡Un punto a favor! En cualquier caso, puedes estar tranquilo, el dispositivo eléctrico que te he enseñado a poner en marcha y que manejarás cuando me vaya funciona también en el otro lado de mi casa; el mecanismo de parada que te he enseñado en el garaje está dividido en dos partes, recuerda, lo que significa que puedes desconectar una fachada dejando la otra activada, ¿entiendes? Sea cual sea su táctica, los atraparás.

—¡Ah, qué alivio! ¡Debería haberlo supuesto, capitán, siempre está en todo!

Cora de Lerne, que acompañaba al grupo, había asistido a toda la demostración.

—¿Es usted el inventor de esta maravillosa defensa, André? —preguntó.

Savery se mostró evasivo.

—No fue demasiado difícil, hace mucho que me interesan las aplicaciones de la electricidad. Para esta en concreto encontré un ingeniero eléctrico con una capacidad de comprensión e imaginación suficientes para los aspectos técnicos; además, era un hábil ejecutor, eso es todo.

Cora sacudió la cabeza.

—Siempre tan modesto…

André protestó:

—No crea, soy consciente de mis dotes, para poder aprovecharlas es necesario conocerlas, la vanidad no tiene nada que ver con eso. No, soy justo y no magnifico lo que no merece ser magnificado. Pero ahora venga conmigo a mi despacho para ver el libro que tanto les interesa a las personas que se ocupan de mí.

Entraron en una amplia estancia rectangular, amueblada con un gusto armonioso y refinado. Era, como sabemos, la sacristía de una antigua capilla abandonada: dado su carácter y la claridad que reinaba en ella, Savery la había preferido respecto a las demás partes del edificio, vestigios de un castillo desaparecido diseminados por las distintas dependencias del palacete de Lerne. Le había sacado un partido sorprendente.

Cora admiró la disposición.

—Me alegro de estar en su casa, André —añadió—. ¡Y pensar que siempre se ha negado a que entrara! Me sentía contrariada y un poco inquieta.

—No era el lugar que le correspondía, tuve que privarme de un placer para proteger su reputación.

—¿Me cree si le digo que acabé por comprenderlo?

André la condujo delante de una vitrina situada en medio de un panel.

—Aquí están los objetos que pertenecieron a mi antepasado, que fue general del imperio. Como ya le dije, Napoleón le legó el libro en un testamento que redactó en Santa Elena.

Abrió el mueble y sacó una curiosa carpeta que recubría un volumen escrito a mano, que luego le tendió.

—Son las confesiones de Juana de Arco —le explicó—. Resumen los principios de la alta política inglesa que la heroína recopiló de los oficiales de ese país. ¡Desde entonces no han cambiado, cosa que hay que reconocer a ese pueblo conservador! Por ese motivo, los señores del Servicio de Inteligencia se dignan a ocuparse de mí y les encantaría arrebatarme el documento, que, por otra parte, es una copia: el original, al que concedo un gran valor, está en un lugar seguro.

La joven se rio mientras hojeaba el libro.

—¿Por qué poseía mi antepasado esa obra? —prosiguió Savery—. Un día os contaré la historia, que al final se convirtió en una hermosa historia de amor. Esta noche no tenemos tiempo, tengo prisa por dejarla a buen recaudo.

—¿Igual que el libro? —bromeó Cora.

—En el mismo sitio no, por descontado, pero haré con él como con todo lo que quiero. Vayamos a buscar enseguida a mi niñera, que le hará compañía. Mientras usted está con ella, daré unos cuantos consejos más a los niños, y ella les preparará una cena fría. Usted cenará en mi otra casa.

—¿Y usted?

—¿Yo?

—Sí, usted, está pensando en la cena de los demás, pero ¿y la suya?

—¡La mía no tiene importancia!

—La tiene para mí, y mucha: le espera una noche tensa y quiero que se alimente.

—Es usted tan amable que le prometo que me llevaré unos sándwiches pequeños. Me los comeré en su casa mientras espero al amigo Carbett. Por lo demás, tiene usted razón: no creo en la gente nerviosa que no se concede el tiempo necesario para cenar.

Guardó el libro que había sacado en la vitrina, la cerró e hizo pasar a Cora a una pequeña habitación contigua, donde la dejó en manos de su vieja niñera, al mismo tiempo que le daba a esta instrucciones para que preparara la comida. A continuación, regresó para hablar con Joséphin.

Hecho esto, fue a buscar a las dos mujeres y los tres se dirigieron hacia el coche, que estaba aparcado delante del palacete de Lerne. Dejaron solos a Joséphin y a Marie-Thérèse.

—¿Qué te parece? ¡Esta máquina es formidable! —le dijo Joséphin a su hermana sacudiendo la cabeza.

—¡Desde luego, los asaltantes jamás podrán imaginar algo así!

—Los asaltantes…, hablas como si fuera una novela.

—¡No te burles de mí! Sabes que el capitán los llamó así antes. ¡Vamos!

—No te enfades. Además, no es momento para charlas. Tengo que organizar esto. ¿Lo has entendido? Para empezar, debes retroceder, instalarte en el garaje, donde dispondrás los víveres, porque cuando se active no se podrá pisar la segunda mitad del pavimento del patio. Para salir del despacho donde están los mandos y reunirme contigo, tendré que saltar por la ventana.

—¿Recuerdas los que tienes que levantar?

—¡Por supuesto, es fácil! Tardaré dos minutos. Es como el cuadro eléctrico de la maquinaria de un espectáculo de variedades.

—¿¿Dónde has visto algo así??

—Fui a uno coincidiendo con una caravana organizada por la radio.

Marie-Thérèse lo miraba con aire burlón.

—¡Sabes mucho! Pero, dime, ¿dónde está tu revólver? Recuerda que el capitán dijo que era mejor tenerlo a mano antes de que llegaran. Yo tengo el mío.

Joséphin hizo un ademán afirmativo y le ordenó:

—¡Ten cuidado ahí detrás! Nos vemos en el garaje.

Luego desapareció en el interior la casa. Poco después, saltó por una ventana de la pared lateral y, dando un rodeo, llegó al garaje. Encontró a Marie-Thérèse tumbada en un sillón de ratán.

—¿Ya está? —le preguntó su hermana.

—Todo listo. Incluso he repetido la maniobra, he iniciado, abierto, cerrado y reabierto el enchufe. ¿No has oído el ruido?

—Un poco.

—Bueno, ¿qué más quieres? Solo queda esperar.

Se sentó también y suspiró aliviado.

—En el fondo, es divertido, ya sabes. Pero ahora vamos a comer algo, tengo hambre. ¿Y tú?

—¡Yo también! ¡Sobre todo porque nos han dejado una buena cantidad de comida! Echa un vistazo a la tabla: tenemos un paté en hojaldre que huele de maravilla, huevos duros, sándwiches, vino blanco, fruta. ¿Te das cuenta? ¡Nada que ver con el bufé del Zône-Bar!

—¡Genial! ¡A la mesa! Pero comeremos sin hablar para poder oír los ruidos.

—De acuerdo.

Cenaron en silencio, ahogando la risa. Al cabo de una hora, Joséphin se puso bruscamente de pie.

—He oído pararse un coche —murmuró—, seguro que son ellos. ¡Los dos con la mano en el bolsillo y el dedo en el gatillo de las pistolas! ¡Cuidado!

Tony Carbett había abierto con una llave la puerta que comunicaba las dependencias del palacete de Lerne con la calle y estaba haciendo entrar a los tres asesinos. Con un gesto les señaló la casa del capitán de Savery y se encaminó también hacia allí atravesando el jardín, por detrás del edificio principal.

Los niños vigilaban todo desde el garaje. Vieron a Double-Turc sacando pecho a la vez que caminaba sigilosamente por el centro del patio enlosado. Fouinard y Pousse-Café, que eran más pequeños, lo seguían uno al lado del otro.

Joséphin dio un codazo a su hermana y los dos niños se guiñaron un ojo.

El patio que conducía al cuerpo del edificio donde vivía Savery había sido dispuesto de una forma original y armoniosa: no era cuadrado, sino redondo, y el mosaico que lo cubría estaba dividido en dos bandas concéntricas de colores y anchura diferentes, que rodeaban un círculo en cuyo centro relucía un pequeño estanque plano, con un chorro de agua. Alrededor del patio circular se erigía un muro bajo, tratado con adobe pintado, que no lo cerraba por completo, ya que en la entrada había unos pilares, y que terminaba en una especie de pérgola donde abundaban las rosas trepadoras.

Los tres asesinos rodearon el estanque caminando por la primera banda, azul y bastante estrecha. Double-Turc, que iba siempre a la cabeza, puso a continuación el pie en la segunda, rosa y más ancha. De repente, un ruido temible y chirriante los sobresaltó: la banda se había puesto en marcha y giraba como un escenario móvil, pero a una velocidad considerable, hasta el extremo que arrastró al bandido, que estaba atónito. En un abrir y cerrar de ojos, el movimiento rotatorio lo dejó en el centro del muro, donde, por unas ranuras invisibles, salieron unas sólidas pinzas de acero que lo sujetaron en tres puntos: los brazos, el busto y las piernas.

El gigante maldijo a voz en grito, pero, a pesar de su fuerza hercúlea, no pudo hacer nada, porque el abrazo implacable lo había paralizado.

Al verlo, sus dos compañeros, aterrorizados, se detuvieron en la primera banda, de color azul, pero no pudieron retroceder para escapar: cuando las pinzas que sujetaban a Double-Turc se detuvieron, Fouinard, que estaba a su derecha, sintió con auténtico pánico que una materia compacta se movía bajo sus pies: una pieza transversal se deslizaba vertiginosamente y lo arrastraba de forma irresistible hacia la banda rosa, la banda infernal que había derrotado a Double-Turc.

Cuando al final quedó atrapado en ella, esta empezó a girar de nuevo y otro juego de pinzas de acero lo agarró y, al igual que su compañero, lo fijó al muro bastante lejos de él, en un lugar más alto, más próximo al pabellón.

Horrorizado, Pousse-Café seguía plantado en la banda azul, sin atreverse a hacer un solo gesto: solo pensaba en escapar como fuera de la suerte que habían corrido sus compañeros. Había caminado a la izquierda de Fouinard, de manera que, creyéndose muy astuto, pensó que lo único que debía hacer era no pisar la banda traidora y desviarse lo más posible hacia allí. Pero, por desgracia, al igual que había sucedido en el lado derecho, también en el otro lado se desplazó una pieza transversal que lo arrastró hasta la temible banda rosa. Esta vez, la banda giró en sentido inverso, de manera que las pinzas salieron del muro de la izquierda, y el desafortunado Pousse-Café quedó atrapado como sus compañeros, delante de ellos.

—¡Aviso para los pasajeros de la acera giratoria, cinco minutos de parada, bufé! —gritó Joséphin en tono de guasa.

Su hermana y él habían salido de su escondite y, empuñando los revólveres, habían seguido la operación.

—Quédate ahí —dijo Joséphin—, voy a parar el mecanismo por aquí, para que no nos atrape, porque tenemos que acercarnos a ellos para registrarlos. Espérame. No pasaré por el otro lado de la casa, nunca se sabe, podría venir otro por ahí…

213

—¿Así que vas a volver a entrar en el despacho por la ventana?

—No, podemos bloquearlo todo en el garaje, ya lo sabes, el capitán nos lo ha enseñado. No te preocupes.

El muchacho entró un momento en el garaje y, tras salir, se aproximó con su hermana a Double-Turc. Cuando estaban a punto de pisar la banda móvil, Marie-Thérèse hizo amago de recular.

—¡Tengo miedo! ¿Y si se pone en marcha?

—Mira que eres tonta. He parado todo en este patio. Además, ya sabes que la primera mitad no es peligrosa para engañar al que se pretende atrapar. El efecto eléctrico solo se pone en marcha después del estanque. Vamos, camina, perezosa, necesito que me ayudes.

Double-Turc los miraba mientras se acercaban a él y, en su denso cerebro iba surgiendo un temor supersticioso al ver que los niños cruzaban sin dificultad un espacio que para él y sus cómplices se había mostrado lleno de trampas.

Joséphin comprendió lo que sentía.

—Te sorprende, ¿verdad? —dijo al coloso—. Pasamos porque somos buenos. Esto solo castiga a los malos. ¿Por qué querías hacer daño a la gente? ¡Ahora estás bien encaminado! Y en cuanto al pago, creo que tendrás que olvidarlo.

Double-Turc masculló una respuesta confusa. Parpadeó atemorizado cuando Marie-Thérèse lo apuntó con su revólver. Joséphin lo tranquilizó.

—No te haremos nada. Es por precaución, el tiempo necesario para vaciarte los bolsillos.

Entre tanto, rebuscaba en los del pantalón, de donde sacó una pistola y dos navajas.

—¡Siempre con tus sucias baratijas! —criticó Joséphin—. ¿Eso es todo?

—Sí.

—¿Y las mordazas?

—Están en mi chaqueta.

Joséphin las encontró deslizando una mano entre las barras metálicas que inmovilizaban al cafre.

—¡Vaya bolsillos! ¿Y las cuerdas?

—No las tengo yo, las tiene el jefe.

—¿Fouinard?

—¡Sí! ¡Ya no me interesa mentir! Ya no me queda nada. Me gustaría salir de aquí, esto me aprieta, me cansa. ¿Me vais a hacer algo peor?

—Nada. Te soltaremos cuando hayas tenido tiempo suficiente para comprender que no debes volver por aquí.

—¡No temas! ¡Lo he entendido!

—Bueno, amigo mío, sé sensato, ten paciencia, medita y toma las decisiones correctas. Vamos a poneros unas mantas en la espalda, las noches son frescas, y el capitán Cocorico, la víctima de vuestro ataque, no quiere que muera el pecador, así que nos ha pedido que os abriguemos. ¿Crees que el capitán tiene un buen corazón? Ya está, ¡adiós y ánimo! ¡Eres más estúpido que malvado!

Los dos niños se dirigieron hacia Fouinard para repetir la operación.

—Las cuerdas, dinos dónde están —le ordenó Joséphin.

—En el bolsillo izquierdo, mi príncipe.

Joséphin las cogió, además del revólver y de la navaja que encontró en el bolsillo derecho.

—¡Lo que hay que ver, un mocoso jugando a los detectives! —se burló el hombre, iracundo. A continuación, moviendo la cabeza, que estaba libre, intentó morder a Joséphin sin conseguirlo.

—¡Cabrón! —gritó el muchacho—. ¡Es el más peligroso de todos! ¡Te mereces una bala, pero no vale la pena! Ahora, el siguiente de estos señores —añadió acercándose a Pousse-Café.

Este solo tenía un revólver. Joséphin se lo quitó y dijo:

—Por lo visto, no tenías intención de trabajar mucho, ¿verdad?

—No me gusta cansarme —respondió el malhechor. Sonriendo a Marie-Thérèse, añadió—: ¡Hay algunas gallinitas menos agraciadas que la señorita que trabajan lo suficiente para que yo no tenga que dar un palo al agua! El día en que el oficio te atraiga, me tienes a tu disposición, guapa.

—¡Te ordeno que te calles o lo pagarás caro! —gritó Joséphin, furioso.

—Vale, vale…, me callo. No te enfades, veo que no tienes sentido del humor. Lo he dicho para honrar a las mujeres y bromear un poco. Hay que distraerse, mi posición no es tan divertida…

—¡Pues bromea solo si quieres, ahí te quedas!

Los dos niños se alejaron de él y, tal y como había dicho Joséphin, fueron a buscar unas mantas, que luego echaron sobre el aparato metálico para envolver a los tres cautivos por los hombros.

Mientras se encaminaban hacia sus sillones, se oyó un chirrido, un ruido semejante al que hacía la placa al ponerse en movimiento.

—¿Será que un animal ha quedado atrapado el otro lado? —preguntó Joséphin, preocupado—. Voy a ver, tú quédate aquí vigilándolos.

Volvió al cabo de un buen rato riéndose.

—Acerté, hay un cuarto hombre, ¡es demasiado divertido! ¡Imagínate que es el inglesucho del coche!

—¿El inglesucho del coche?

—Sí, pero no el del Zône-Bar, sino el que se quedó en el automóvil, porque tiene pinta de ser más importante que el otro.

—Caramba, ¿qué hacemos ahora?

—Nada. ¿Qué quieres que hagamos? Esperaremos. Me da vergüenza registrarlo, es tan elegante. Prefiero esperar con calma al capitán.

—¿Cómo es el otro lado? —preguntó Marie-Thérèse, intrigada.

—Hay una bonita escalinata, flores, pero también un patio redondo como este, el mismo muro interrumpido por unos pilares y rosas en la abertura; un círculo, un estanque rodeado de dos bandas, una azul y una rosa, igual que aquí, y unas pinzas que te fijan a la pared si caminas por las bandas que hay detrás del estanque. Un batiburrillo de cosas.

—¿El inglés se ha quejado?

—¡Él! ¡Jamás! Él soporta. ¡Hay que reconocerlo! Incluso se rio cuando le expliqué que las pinzas no podían mancharlo, porque están cromadas, son inoxidables.

—¡Qué descarado eres!

—¡Qué quieres! Lleva un traje claro precioso, solo pretendía ser un poco amable.

—¿Le vas a llevar también una manta?

—Enseguida y, al mismo tiempo que se la doy, detendré el mecanismo del patio donde está.

—Pero, dado que no lo vamos a registrar, no vale la pena.

—Claro que sí, tonta: para empezar, tengo que pasar para echarle la manta por los hombros y, además, el capitán tendrá que acercarse luego para hablar con él.

—Es verdad, no se me había ocurrido. ¡Me muero de ganas de que llegue el capitán!

El deseo de Marie-Thérèse no tardó en verse colmado: André de Savery se aproximó a los dos muchachos acompañado de Tony Carbett, que se quedó estupefacto al ver la situación lamentable en que se encontraban sus cómplices. Estos dormían medio atontados por el cansancio y los nervios, ridículos bajo la manta que tapaba el complicado aparato con ganchos que los había aprisionado.

El capitán de Savery se los señaló a Carbett.

—¿Contento? Como ves, hemos cuidado de tus amigos. Si quieres probar mi artilugio, aún quedan tres sitios libres. Es un juego delicioso. —Acto seguido, preguntó a los pobres diablos—: ¿Hace daño? ¿Tenéis frío? Vinisteis a maniatar a alguien y habéis acabado maniatados: no hay que hacer a los demás lo que no nos gustaría que nos hicieran a nosotros. En cualquier caso, ahora os soltaré, pero a condición de no volver a veros nunca más. Ya sabéis cómo me defiendo, ¡no lo olvidéis!

Joséphin lo interrumpió tímidamente.

—¡Hay uno más, jefe!

—¡Ah, supongo que está en otro lado! Me lo esperaba.

—Lo he reconocido, es el inglesucho del coche. Estaba preocupado, porque no lo he registrado. ¿Está enfadado?

—Has hecho lo que debías, pequeño, como siempre.

—La máquina está totalmente parada. Podemos caminar.

—Gracias. Voy al otro patio. Abre las pinzas para soltar a los prisioneros, Joséphin, todas. Llévate a tus secuaces, Carbett, y adiós.

Cuando llegó al lado del cuarto cautivo, «el inglesucho del coche», este se estaba sacudiendo, después de haberse liberado del terrible abrazo del que acababa de librado la maniobra de Joséphin, que había abierto las pinzas.

—Le ruego que me disculpe, señor Dawson —dijo—. No sabe cuánto lo lamento, pero mis enemigos son demasiado peligrosos, así que necesito una alarma para impedir que entren en mi casa. Debería de haberme pedido una cita. Claro que comprendo que es usted, sin duda, un bibliófilo y que no ha podido resistir la tentación de admirar lo antes posible mi colección de libros raros.

El inglés lo miró de soslayo y se limitó a decir:

—¡Bien hecho! Sería un desagradecido si me quejara.

—Confío en que no se haya arrugado demasiado su traje beis, el corte es excelente.

—¡Déjese ya de bromas y sea generoso! Me ha asestado un duro golpe. Estoy molido, voy a acostarme. —Savery le tendió la mano—. La máquina es admirable: mientras esperaba, no he dejado de preguntarme cómo debe estar combinado el conjunto. Eso me entretuvo. Es usted un hombre único. Tenemos que llevarnos bien. ¿Puedo venir a verle mañana por la mañana a las nueve? Libremente, espero.

—Mañana por la mañana a las nueve, libremente, por supuesto —añadió André de Savery riéndose—. ¡Buenas noches!

—Buenas noches.

El señor Dawson se marchó. Una vez solo, André de Savery se quedó ensimismado, con aire divertido. A continuación, fue a ver a sus muchachos mientras trataba de dar con la manera de acostarlos, para que no tuvieran que volver a Pantin esa misma noche.

XV

Cara a cara

—*B*uenos días. ¿Llego puntual?

—Están dando las nueve.

A la mañana siguiente, después de estrecharse las manos, André de Savery hizo entrar a Donald Dawson en
su salón.

El inglés se sentó con soltura en el sillón que le había señalado Savery, delante del suyo.

—Mi querido amigo —exclamó—, ¡su patio es mucho
más acogedor durante el día que por la noche!

—De nuevo, le ruego que me disculpe —dijo Savery—.
¡De ninguna forma estaba destinado a usted!

—Ya es agua pasada, además, no lo había robado. Solo
recuerdo el descubrimiento del maravilloso dispositivo,
me gustaría mucho tener los planos.

—No lo dudo —bromeó Savery—, dado como está familiarizado con ellos.

—¿«Familiarizado»?

—Quiero decir que forma parte de su actividad, señor Dawson. Porque no me puedo perdonar haberle considerado durante tanto tiempo un hombre mundano y ocioso. ¡En ese punto me ha vencido, desde luego! Pero hoy esa cuestión está aclarada y, si lo desea, vamos a jugar, pero con las cartas boca arriba, sin perder tiempo con engaños.

—¡Es un verdadero placer tratar con usted! Los dos amamos la claridad en los negocios, ¡es mucho más cómodo y hábil!

—Creo que es inútil que le recuerde, señor Dawson, que no tenemos ningún negocio en común y que no estamos tratando nada.

El inglés adoptó una actitud más reservada y gruñó:

—¡Ah, vaya! —A continuación, preguntó en tono casi inocente—: En ese caso, ¿de qué se trata?

André de Savery lo dominó en tono y vehemencia.

—¡Me parece que soy yo el que tiene derecho a preguntárselo! ¡Es usted increíble! Anoche vino usted sin avisar a mi casa, con la evidente intención de introducirse en ella y apoderarse de un documento que le interesa; no lo niegue, no nací ayer y, además, estoy bien informado. Después de quedar atrapado y de demostrar, lo reconozco, que es un buen perdedor, me expresa el deseo de que lo reciba hoy. Y ahora tiene la osadía de preguntarme, como si me lo reprochara: «¿De qué se trata?». ¡Se arriesga usted mucho! Además, no es la mejor manera de entablar una conversación con absoluta confianza. ¡Cambie el tono!

Donald Dawson se batió en retirada.

—No se enfade —dijo corrigiendo sus palabras—. Me

he expresado mal: no conozco todas las sutilezas del francés, a pesar de que hablo bien su lengua.

André de Savery observó:

—Puede que no conozca bien las sutilezas del francés, pero salta a la vista que desconoce por completo las sutilezas de los franceses: sobre ese punto debe ser educado.

—No puedo estar más de acuerdo. Propongo que retomemos desde el principio la conversación, que entablamos con tanta cordialidad. Usted dijo: «Juguemos con las cartas boca arriba, sin perder tiempo con engaños». ¿Quiere que volvamos a esa observación?

—Me parece excelente. Así pues, aclaremos nuestra verdadera identidad, señor Dawson, será más franco y digno de nosotros. Supongo que sabe que André de Savery solo es una encarnación en regla desde un punto de vista administrativo, pero provisional, al igual que ahora sé cuáles son sus ocupaciones reales en su país y en el mío. —Se levantó con aire solemne y declaró—: Soy Arsène Lupin y usted es un dignatario del Servicio de Inteligencia.

—¡El jefe! —se limitó a responder Donald Dawson con aire impasible.

—De acuerdo, ¿no le parece mejor así? —prosiguió Lupin—. Ahora estamos cara a cara, sin equívocos. ¡Por no emplear este método directo para apoderarse del libro que busca padeció hace una horas una situación desagradable en mi coqueto aparato! ¡Debería haberme dicho que quería el volumen! Se lo habría entregado con mucho gusto.

—¿Haría eso?

225

—Estoy dispuesto a hacerlo. Solo deseo hacer una pequeña precisión: ¿cree usted que soy tan ingenuo como para dejar al alcance de la codicia ajena la obra original, la que el emperador Napoleón I hizo enviar desde Santa Elena a mi tatarabuelo, el general Lupin, un valiente al que me habría gustado conocer? No. Esa edición reposa en un refugio inviolable y no la entregaría ni por un imperio, y no es una alusión histórica: aprecio mis recuerdos familiares. La copia que se encuentra en la vitrina que iba a explorar es suya, siempre y cuando su Gobierno se conforme con ella. Claro que carece de la emoción que produce un objeto que fue tocado por las augustas manos del gran corso, pero dudo que sea sensible a ese aspecto de las cosas. En cualquier caso, está maravillosamente realizado: desde el punto de vista artístico, la encuadernación es parecida y el texto está íntegro. La cuestión es saber si Inglaterra quiere apoderarse del libro para conocer su contenido o para evitar que lo lean ojos extranjeros. Añado que si la segunda hipótesis es la correcta, puede estar tranquilo: legaré las confesiones de Juana de Arco a los míos puntualizando que jamás deben abandonar su refugio. No me preocupa que su país, que siempre ha demostrado una gran tenacidad, investigue a mi familia.

Se aproximó a la vitrina, la abrió y cogió un libro, que luego tendió al señor Dawson precisando:

—¿Lo quiere usted? Dispongo de más copias en otros refugios. Tengo muchos escondites. Hojee las páginas, encontrará preceptos interesantes, incluso para sus familiares. Por ejemplo, este —dijo, y a continuación leyó enfáticamente—: «El que tenga toda la tierra tendrá el oro.

El que tenga todo el oro tendrá toda la tierra. Hay que llevar a Inglaterra al Cabo. Es necesario poseer todo el sur de África».

El señor Dawson alargó una mano. Había enrojecido bruscamente.

—Acepto el libro —dijo con voz ronca—. Gracias. Le concederé lo que me ha pedido a cambio.

—¡Oh, es una nimiedad! Por lo demás, no es lo que me motiva, sino solo el deseo de resultarle agradable. En cualquier caso, me gustaría mucho que Carbett se marchara. ¡Envíelo donde quiera, pero quítemelo de encima! Usted no perderá nada en París, es un colaborador deplorable, un agente mediocre que compromete sus negocios ocupándose de los suyos. Tan cierto es lo que digo que usted tampoco confía en él, ya que vino a mi casa a buscar el libro del que debía apoderarse cuanto antes. Siempre ha actuado haciendo caso omiso de sus instrucciones. Traicionó al príncipe de Oxford cortejando de forma indecorosa a la señorita de Lerne. Es un individuo mezquino, inútilmente mezquino, además de feo.

—Es cierto. Mañana lo destinaremos a una misión lo más lejos posible.

—¿Una misión vigilada?

—Por supuesto. ¡Ah, Lupin, es usted increíble! Si un genio como usted aceptara trabajar para nosotros, me procuraría un gran placer. ¡Me siento tan solo!

—Pero ¿no tiene a William Lodge?

—¡Es un niño! Un secretario encantador, un amigo delicioso, pero sin iniciativa, con pocas posibilidades y ninguna envergadura. En cambio, usted...

Lupin se había sentado y parecía reflexionar.

—Perdón, pero ¿qué razón podría empujarme a hacer eso? —preguntó—. ¿El dinero? ¡Qué motivo tan ruin! Además, no lo necesito, tengo demasiado. En otros periodos de mi vida lo perseguí, el dinero era una conquista necesaria, pero eso terminó. Ayer doné buena parte de mi fortuna a un estudioso para que las destine a unas investigaciones útiles para la humanidad. Si después no tengo suficiente para proseguir la obra que he emprendido en Pantin, lo encontraré fácilmente. ¡Hay mucho circulando inútilmente y sé cómo apoderarme de él sin dudar un minuto! Así pues, no veo qué podría empujarme a aceptar su propuesta.

228

—Bueno, el entretenimiento de la acción, el gusto por el riesgo y el éxito ¡son suficientes para una naturaleza como la suya!

—No crea. Hoy en día, mis ambiciones son más elevadas; mis perspectivas, más desinteresadas. Necesito luchar por valores de interés general y con unos procedimientos caballerescos que poco tienen que ver con sus costumbres.

—Perdón, pero ¡somos corteses!

—¡Sí, pero carecen de escrúpulos!

—No le consiento…

—Permítame continuar, nosotros analizamos las cosas y lo hacemos con frialdad. En cualquier caso, tengo que responderle de forma inequívoca, señor Dawson. Personalmente, siento simpatía por usted, y quizá me habría gustado trabajar a su lado. El problema es que su organización me disgusta.

—¡Si supiera lo apasionantes que son sus duelos!

—Es posible, pero no me parecen hermosos.

—Su opinión me sorprende, mi querido Lupin. Debe de estar muy mal informado sobre nosotros. Nos juzga basándose en unos chismes despreciables.

—¡De eso nada! Me baso exclusivamente en hechos internacionales y he de decir que el Servicio de Inteligencia ha estado involucrado en todos durante años, de tal manera que por nada en este mundo me gustaría ser uno de los vuestros.

—¿Puede explicarse?

—Por supuesto, al principio, sus diferentes departamentos fueron un medio de propaganda, pero enseguida se convirtieron en instrumentos de hegemonía.

—Cuando uno ama su país es legítimo…

—¡Desde luego! Pero debe recordar que pertenecemos a dos países distintos y que en ciertas circunstancias el suyo puede tener propósitos, necesidades o ambiciones opuestas a los del mío.

—¡La guerra de 1914 nos convirtió en aliados!

—Puras necesidades temporales… En cualquier caso, olvidemos el punto de vista patriótico para analizar su obra desde mayor altura. Nada le detiene, jamás duda a la hora de matar: si la acción de un hombre le irrita o simplemente le inquieta, ordena que lo eliminen, se sabe, se ve, es sumario y brutal. A diferencia de usted, a mí me horroriza la muerte. Matar es un extremo al que nunca recurro. Por último, usted enreda las tramas: he podido constatarlo en todos los asuntos relativos a Oriente, en la acción diplomática de los últimos años. Le gusta ser evasivo, incluso en las cuestiones más nimias; por ejemplo, en la táctica que ha usado en la eventual boda del príncipe de Oxford, no ha dejado de jugar con dos barajas.

—El príncipe de Oxford es primo de nuestro rey. No veo que...

—¡Precisamente! No ignora que aspira a reinar y obstaculiza sus pretensiones de forma solapada: por un lado, hizo creer que apoyaba su relación con la señorita de Lerne, porque ella iba a recibir una dote considerable, pero, por el otro, organizó o alentó el robo de los sacos que contenían dicha dote, ¡porque no pretenderá que me crea que los sacos caen solos de los aviones del Banco de Inglaterra! Si no hubiera estado en alerta... Todo eso es mezquino, voluble.

—Secundario, sobre todo. No debería permitir que los árboles le impidan ver el bosque, mi querido Lupin. Los acuerdos internos relativos a la corona no son relevantes. También usted podría beneficiarse si quisiera.

—¿Yo?

—Perfectamente. No violo ningún secreto si le digo que está enamorado de Cora de Lerne.

Arsène Lupin lo interrumpió secamente:

—¡Mis sentimientos íntimos no tienen nada que ver con este asunto!

—¡Vamos, vamos! Los he observado lo suficiente, a Cora y a usted, como para tenerlo muy claro. Cora no quiere al Edmond de Oxford, ella también está enamorada de usted.

—¡Pare ya, se lo ruego!

A pesar del aire atormentado de su interlocutor, sir Dawson prosiguió:

—¿Por qué quiere que se case con él? ¿Para darle la oportunidad de ser coronada? ¡Usted se sacrifica! Sustituya al príncipe, lo ayudaremos. Sí, cásese con Cora. Como dice Carbett, cuyos propósitos y acciones conocemos, si algo no falta es el reino: usted sería un rey anglófilo muy conveniente en algún lugar de Oriente, y ella reinaría con usted. Inglaterra hace y deshace tantos reinos...

—Pero ¡eso es absurdo! ¡Vaya un destino para una joven, casarse con Arsène Lupin!

—¿No le tienta? ¡Lástima! ¡Creía que era usted más moderno!

—¡Arsène no es como usted se imagina! Es puro altruismo, a diferencia de usted, que es puro egoísmo. Soy justo lo contrario del Servicio de Inteligencia: soy un caballero bandido, mientras que sus agentes, los mejores, son caballeros que se comportan como bandidos.

—Debería enfadarme, pero no puedo, ¡tiene usted espíritu y desenvoltura! Resumiendo: ¿rechaza mis ofertas?

—Categóricamente. Su política solo pretende hacer estallar la guerra en todas partes. Yo solo sueño con contribuir a establecer la paz universal y es justo a esa ambición a la que deseo consagrarme a partir de ahora. La paz es posible y no se basa tan solo en las palabras, debe reinar un día en todo el mundo. Quiero colaborar con eso, en lugar de ayudar a establecer la supremacía de su país.

Sir Dawson se levantó.

—¿Entonces somos enemigos? —preguntó escuetamente.

—¿Por qué? Seguimos caminos diferentes, eso es todo.

—No ignora que, por mucho que lo lamente, si un día vuelvo a encontrarlo tratando de obstaculizar nuestros planes, tendré que ordenar la eliminación de un adversario tan hábil como usted. Y si tengo que hacerlo, me sentiré afligido, porque tengo un concepto muy elevado de su persona, mi querido Lupin.

—Piense que es recíproco, mi querido Dawson. La diferencia es que usted no debe temer que un día ordene que lo eliminen: yo no elimino a nadie, me limito a separar, me parece un estilo de esgrima más fino. Eso es lo que nos distingue. Si un día lo encuentro mientras trato de renovar el mundo, lamentaré mucho que no lo entienda, pero le confieso que me interesará combatir contra un adversario como usted. Suelo ganar mis batallas, igual que mi antepasado, el general Lupin: ¡jamás perdería la de la paz!

Sir Dawson hizo un gesto de escepticismo.

—Quizá… —Después, le tendió la mano y le dijo—: Adiós, espero…, si no, hasta la vista.

—Hasta la vista, creo.

Cuando llegó a la puerta, Arsène Lupin lo detuvo un momento.

—Me olvidaba. Dijo que le gustaría tener los planos y las fórmulas de mi patio giratorio. Es inofensivo y quiero regalárselo, es lo mínimo que puedo hacer para consolarle por haber sido una de sus víctimas. —Sacó de un cajón un voluminoso paquete—. Aquí tiene.

Donald Dawson lo agarró con evidente placer.

—¡Gracias! —dijo—. Es usted un auténtico caballero. ¡Es una pena que no sea nada realista!

Mientras lo acompañaba a la salida, Arsène Lupin le respondió levantando un dedo:

—¡El idealismo es mucho más hermoso!

Ambos hombres se despidieron sonriendo.

XVI

Lo que desea la mujer

*T*ras despedirse de sir Dawson, Lupin permaneció un momento con la mirada fija, después sacudió la cabeza a la vez que murmuraba en voz alta:

—El amor…

Hizo un vago ademán, como si quisiera ahuyentar un pensamiento demasiado tentador, y empezó a pasear por la sala. Consultó su reloj, cerró los muebles, se contempló un buen rato en un espejo, atusándose el pelo, agarró su sombrero y salió. El coche lo estaba esperando en la calle, delante de la puerta del palacete de Lerne, como había acordado. Tras darle una dirección al chófer, subió al vehículo. Algo más tarde se apeó delante de un gran edificio y comunicó al conductor la hora a la que debía pasar a recogerlo, esa misma tarde y en el mismo lugar. Acto seguido subió a toda prisa por una escalera estrecha y llamó siguiendo un ritmo determinado a la única puerta que había en el rellano. Su corazón latía acelerado.

Se oyeron unos pasos y una voz preguntó:

—¿Quién es?

—Yo, todo va bien.

La puerta se abrió y apareció una anciana tocada con un gorro blanco. Lupin le dio unas afectuosas palmaditas en un hombro.

—Buenos días, niñera. ¿Habéis tenido algún problema?

—¡No, gracias a dios!

—¿La señorita está en casa?

—En la biblioteca, qué ángel. Creo que te aguarda con impaciencia.

Exultante, entró en una pequeña y agradable sala, totalmente tapizada de libros. Cora lo recibió de pie, teñida de rosa por una luz bienaventurada. Le tendió las manos.

—¡Usted, por fin!

—Aún no es mediodía...

—Lo sé, pero estaba muy preocupada.

—Le rogué encarecidamente que no perdiera la calma.

—¿Cómo podía hacerlo, ya que quizá corría un gran peligro? Me he comportado con prudencia, eso es todo, no me he movido. Y, me avergüenzo de decirlo, he comido y dormido espléndidamente: su niñera es una cocinera sorprendente. ¡Además, esto es tan tranquilo, tan alegre!

—¿Verdad que mi refugio es apacible? Aquí es donde me encierro cuando necesito pensar o desaparecer por cierto tiempo. La casa tiene dos salidas: una por la que solemos entrar y otra que da a la calle paralela. Llegado el caso, puede ser cómodo.

238

Cora suspiró.

—¡Siempre hay complicaciones, misterios! ¿Nunca piensa tener una vida normal?

—Ciertas vidas «normales» me aburrirían. Y a usted también, reconózcalo.

Se sentaron riéndose. Luego, la joven comentó en tono pensativo:

—Pero, a pesar de todo, cuando estamos juntos aquí, hablando tranquilamente, tengo la impresión de que es usted un ser ordinario, capaz de tener una rutina corriente, de trabajar, distraerse, amar y esperar como todos. Entonces me engaño, porque no puede ser de otra forma, pensando que si estuviéramos siempre juntos, usted podría ser así. ¿Me equivoco?

Arsène Lupin murmuró con dulzura:

239

—Puede que no…

Cora continuó:

—Entiéndame, en momentos como estos, olvido el lado…, ¿cómo diría yo?

—¿Montañoso?

La joven sonrió.

—Si le parece bien… El lado montañoso de su existencia.

—Pero la montaña escarpada tiene también verdes valles.

Arsène interrumpió de repente la charla, demasiado íntima, para preguntarle en tono ligero:

—Pero, bueno, ¿qué ha hecho usted aquí esta mañana, Cora?

—He tocado el piano. Tiene un musiquero con las mejores obras. También he leído, pero, sobre todo, he pensado en las cosas más importantes.

—¡Ah! Me intriga saber cuáles son, ¿puede decírmelas?

Cora se puso seria.

—Es indispensable que se las diga. Pero antes cuénteme lo que sucedió después de que se despidiera de mí.

—Nada importante. Bueno, nada que no hubiera previsto: Carbett vino y no encontró lo que buscaba, y los tres asesinos quedaron atrapados en la defensa eléctrica que vio en funcionamiento cuando enseñé a mis alumnos cómo manejarla.

—¡Son muy leales!

Imperceptiblemente molesto, Lupin se limitó a responder:

—Sí, son muy inteligentes. —Y se apresuró añadir—: Cuando digo nada imprevisto, exagero. Se produjo un incidente inesperado que me sorprendió mucho: por desgracia, Dawson quedó atrapado en las pinzas del patio interior. Vino para echar un vistazo a la vitrina y robarme el libro del que le he hablado.

—¡No es posible! ¿Por qué?

—No es el esnob ocioso que parece. Nos engañó: es el jefe del Servicio de Inteligencia.

—¿Donald?

—Sí, Donald Dawson, su indolente compañero, su *flirt*.

—Pero ¿qué me dice? ¿Está usted seguro?

Lupin acercó su sillón a la joven, con un valor repentino.

—Escuche, Cora, porque es la hora de las sorpresas. Yo también le he engañado con las mejores intenciones. Los documentos que poseo son de un amigo, un tal capitán André de Savery; en realidad, soy Arsène Lupin.

Cora de Lerne se mostró entusiasmada.

—¡Qué alegría!

—¿Alegría? Arsène Lupin, ¿comprende usted lo que eso tiene de excepcional, de negación de cualquier tipo de felicidad?

Lupin se había levantado y caminaba de un lado al otro. Al final, se dejó caer en un sofá.

Cora se acercó a él y tomó asiento a su lado. Había sacado de su bolso una carta amarillenta, que le tendió.

—Lo sabía —dijo ella con solemnidad—. Aquí tiene parte del testamento que el príncipe de Lerne me escribió antes de morir: «Creo que uno de sus amigos es el extraordinario Arsène Lupin, cuyo carácter aventurero no me asusta, ¡al contrario! Se oculta bajo un nombre falso, pero no he podido averiguar cuál es. Obsérvelos, descúbralo, encontrará en él un apoyo inesperado, es un hombre de honor». ¿Qué le parece?

—El príncipe de Lerne era independiente y estaba aislado. No le disgustaba…

La joven lo interrumpió con vehemencia.

—¡Y yo quiero ser como él! Más adelante añadió: «Sepa ser feliz». No pudo ser más claro. Además, le aseguro que estoy decidida a seguir su consejo. Desde ayer siento mucho más firmes las decisiones que he tomado sobre el futuro. Tengo la intención de casarme con usted, y mi voluntad es inamovible.

—Pero eso es imposible, ya le he dicho que no puedo casarme.

—¿Por qué? ¿Por su estado civil?

Conmovido, Lupin intentó bromear:

—Ah, los estados civiles, no es eso lo que me incomoda, tengo muchos, tengo incluso varios de recambio.

—El suyo me basta, el auténtico. Me sentiré orgullosa de ser su mujer. Escuche, André (si quiere, puedo seguir llamándolo André, estoy acostumbrada), le quiero y creo que usted también me quiere.

—¡Le aseguro, Cora, que es cruel tentarme con una alegría semejante!

—¿Por qué? Le quiero, le quiero con todo mi corazón. ¿Acaso niega que usted también me quiere? —Arsène guardaba silencio. La joven añadió casi a voz en grito—: ¡Usted sí que es cruel! ¡Me está volviendo loca!

Se echó a llorar.

Al ver sus lágrimas, Lupin, conmocionado, no pudo resistirlo más.

—Querida, querida mía —balbuceó—. ¡Es evidente que la quiero! Ya no puedo vivir sin usted, necesito verla, oírla: es usted tan hermosa, tan noble, tan extraordinaria, que solo vivo por usted. Sí, la quiero, me enamoré de usted la primera vez que la vi. Desde entonces solo he pensado en usted, mi vida le pertenece, jamás he querido de verdad a otra mujer antes que a usted. Si era lo que quería oír, puede sentirse satisfecha, pero no me pida que me case con usted, no debo hacerlo.

Radiante, Cora respondió:

—¡Para que sea reina! ¡Aún con ese viejo sueño infantil! Me da igual ser reina con ese despreciable de Edmond de Oxford, es banal e interesado. No se afligirá, elegirá a una joven aristócrata inglesa que se adapte mejor a su formalismo, encantada de ser presentada en la corte y de convertirse en princesa. Yo seré su reina, es mi única ambición, la reina de los pequeños de Pantin, porque venderemos el palacete de Lerne para volver a comprar al conde de Hairfall el castillo de Tilleuls, donde usted retomará sus actividades de capitán instructor y urbanista. Yo le ayudaré. Conservaremos ese refugio en París como apeadero. Se llenará con el recuerdo de nuestras palabras.

—¡Eso es demasiado bonito! —dijo Arsène Lupin con melancolía—. ¡No es para mí!

—¿Qué objeción puede seguir teniendo? ¿Los dos niños, Joséphin y Marie-Thérèse? —Lupin se sobresaltó, pero Cora prosiguió, imperturbable—: A propósito, ¿dónde están?

—Regresaron a Pantin. Les di algo de dinero y se instalarán en mi casamata. Necesito a Joséphin allí, es monitor de mis grupos.

La joven dijo con ternura:

—¡He comprendido todo, querido! Joséphin se parece a usted, Marie-Thérèse tiene el mismo aire. Esas criaturas son deliciosas. No son un obstáculo: tienen un lugar en mi afecto. Los adoptará.

—¡Jamás la adoraré bastante, Cora! Es usted un hada, señorita de Camors. Después de la muerte dramática del príncipe de Lerne, le pusieron ese apodo como alusión literaria.

—¡No lo sabía! ¡Qué divertido! Pero volvamos a usted. ¿Qué me dice, sí o no? ¿Acepta?

—Estoy vencido, no estoy acostumbrado, pero ¡la quiero con toda mi alma!

La abrazó, Cora apoyó la cabeza en uno de sus hombros y se dieron un largo beso. Después, Lupin se irguió y murmuró:

—Guardé el recuerdo embriagador de sus labios, Cora. Me los dio ya, ¿se acuerda de cuando la secuestraron?

—Mi liberación —lo corrigió ella—. Le debo todo. ¡Ah! ¡Cuánto le quiero!

—¡Cora, amor mío!

La había abrazado de nuevo, pero, de repente, se separó de ella con aire inquieto.

—Solo queda por resolver una cuestión. ¡Los famosos sacos de oro!

—El oro sigue en la cripta donde lo dejamos. ¿Qué piensa hacer con él?

—No lo quiero, ya lo sabe. Qué horror. La quiero a usted, eso es todo. Que sea propietaria del palacete de Lerne me parece ya demasiado.

—En eso le reconozco, pero puede estar tranquilo, el edificio está hipotecado.

—Devolveremos la dote a lord Harrington, sin más. Espero que pueda regresar a Inglaterra con más facilidad que cuando vino.

—Bromea, ¡de eso nada! Ha donado a la ciencia buena parte de lo que poseía por mí. Necesitaremos el oro para llevar a cabo nuestras obras, ¡déjeme conservarlo! Lo invertiremos.

—Está bien, pero a condición de que tanto los intereses como el capital solo se destinen a los demás.

—De acuerdo. Delo por hecho. Ah, André, ¡qué vida tan maravillosa nos espera!

Cora se acurrucó de nuevo a su lado, en el preciso momento en que llamaron a la puerta de la biblioteca. Esta se abrió y por ella se asomó la vieja niñera.

—Está listo —anunció con brusquedad—. El suflé ha subido y no puede esperar.

—¡No refunfuñes tanto! Te voy a dar una noticia asombrosa: me voy a casar.

La mujer se limitó a decir:

—No puede decirse que sea demasiado pronto.

André señaló a Cora.

—La señorita y yo vamos a casarnos.

La vieja niñera se aproximó a la joven y, esbozando una amplia sonrisa, comentó:

—Así tendré dos niños que criar. Os cuidaré bien.

Lupin tendió alegremente un brazo a Cora.

—La felicidad despierta el apetito. ¡Vamos a comer! Os contaré con todo detalle lo que ha pasado esta noche y la conversación que mantuve con Donald Dawson.
—Después, inclinándose para rozar los labios y el pelo de la joven, añadió—: No sé si es la última aventura de Arsène Lupin, pero si de algo estoy seguro es de que es su último amor…, ¡su único amor!

Epílogo

¿Quién es Arsène Lupin?

POR MAURICE LEBLANC

¿*C*ómo nació Arsène Lupin?

De un cúmulo de circunstancias. El día en que deci-
dí crear un tipo de aventurero con un carácter determinado, enseguida me di cuenta de la importancia que este
podía adquirir en mi obra.

Por aquel entonces estaba enredado en una serie de
novelas costumbristas y de aventuras sentimentales con
las que había tenido cierto éxito y colaboraba de forma
permanente con el diario *Gil Blas*.

Un día, Pierre Lafitte, con el que mantenía una estrecha relación, me pidió una novela de aventuras para el
primer número de *Je Sais Tout*, la revista mensual que
se disponía a lanzar. Jamás había escrito algo de ese tipo
y me preocupaba mucho.

Al final, al cabo de un mes, le envié una novela en la
que un pasajero de un paquebote de la línea Le Havre-
Nueva York cuenta cómo, estando ya en alta mar y en
medio de una tormenta, la embarcación recibe un radio-

telegrama donde se avisa de la presencia a bordo del célebre ladrón Arsène Lupin, que viaja con el nombre de R... En ese momento, la tormenta interrumpe la comunicación. Está de más decir que el mensaje pone al barco patas arriba. Empiezan a producirse robos. Todos los pasajeros cuyo nombre empieza por R se convierten en sospechosos. Arsène Lupin no es identificado hasta el arribo. A pesar de ser el narrador de la historia, como su relato era objetivo, ninguno de los lectores sospechó de él ni por un momento.

La historia dio que hablar. Sin embargo, cuando Lafitte me pidió que continuara, me negué, porque en ese momento las novelas de misterio y policiacas estaban muy mal vistas.

Resistí durante seis meses, pero, en el fondo, mi espíritu seguía trabajando. Además, Lafitte no dejaba de insistir; cuando le hice notar que había terminado la primera novela metiendo a mi héroe en la cárcel de manera que fuera imposible continuar con la historia, él me respondió impasible:

—Eso no es un motivo, ¡que se escape!

Así pues, hubo una segunda historia en la que Arsène Lupin seguía dirigiendo sus «operaciones» desde su celda; luego una tercera en la que escapaba de la prisión.

Para escribir esta última, tuve la precaución de consultar con el jefe de la policía nacional. Me recibió con gran amabilidad y se ofreció a revisar el manuscrito, pero me lo devolvió al cabo de ocho horas con su tarjeta y sin hacer el menor comentario. ¡Por lo visto, la evasión le pareció completamente imposible!

¡Desde entonces soy prisionero de Arsène Lupin! Inglaterra fue la primera que tradujo sus aventuras, luego Estados Unidos, y ahora se conocen en todo el mundo.

El epígrafe «Arsène Lupin, caballero-ladrón» no se me ocurrió hasta que quise reunir en un volumen los primeros cuentos y necesitaba encontrar un título general.

Uno de los elementos que me han permitido renovar con más eficacia las aventuras de Arsène Lupin ha sido la lucha que le he hecho sostener contra Sherlock Holmes, encarnado en Herlock Sholmès. En cualquier caso, puedo asegurar que Conan Doyle no me influyó de ninguna forma, dado que cuando creé a Arsène Lupin aún no había leído nada de él.

Los autores que han podido influirme son, más bien, los de mis lecturas infantiles: Fenimore Cooper, Assollant, Gaboriau y, más tarde, Balzac, del que me impresionó mucho el personaje de Vautrin. Pero a quien más le debo, por muchas razones, es a Edgar Allan Poe. En mi opinión, sus obras son las clásicas de aventuras policiacas y misterio. Sus seguidores se han limitado a retomar la fórmula, ¡siempre y cuando sea posible copiar a un genio! Porque él supo conferir a sus obras una atmósfera de patetismo que nadie ha logrado conseguir después.

Por lo demás, sus sucesores no lo han seguido por las dos vías que he mencionado, misterio y policiaco, sino que se han centrado más bien en la segunda. Es el caso de Gaboriau y Conan Doyle, y de toda la literatura que estos han inspirado en Francia e Inglaterra.

En lo que a mí concierne, no he tratado de especializarme: todas mis obras policiacas son novelas de misterio, y todas mis obras de misterio son novelas policiacas. He de reconocer que mi personaje me ha llevado a ello.

De hecho, la situación cambia en función del comportamiento del personaje central, si actúa como un bandido o como un detective. Cuando es detective, para el lector presenta el interés de no saber nunca hacia dónde se dirige, porque está del lado del investigador que se enfrenta a lo desconocido. Y, al contrario, cuando la historia gira alrededor del criminal, el lector conoce de antemano al culpable.

Por otra parte, me vi obligado a convertir a Arsène Lupin en un héroe doble, un hombre que fuera a la vez un delincuente y un hombre simpático (porque el héroe de una novela no puede ser antipático). Así pues, era necesario añadir a mi relato un elemento humano para que sus robos se aceptaran como algo natural, absolutamente merecedor de perdón. Para empezar, Arsène roba más por placer que por avidez. Además, jamás desvalija a la buena gente. A veces se muestra incluso muy generoso.

Por último, sus hazañas deshonestas suelen explicarse por unos impulsos sentimentales en los que demuestra valor, dedicación y espíritu caballeresco.

En el caso de Conan Doyle, Sherlock Holmes solo se mueve por el deseo de resolver enigmas, y a su público únicamente le interesan los medios que emplea para conseguirlo. En cambio, Arsène Lupin se ve continuamente involucrado en unos acontecimientos que, en la mayoría de los casos, le suceden sin que sepa siquiera por qué y de los que suele salir de manera honrosa, es decir, un poco más rico que antes. Él también se lanza a las aven-

252

turas para descubrir la verdad, con la diferencia de que se la embolsa.

En cualquier caso, eso no significa que sea un enemigo de la sociedad, al contrario, como él dice de sí mismo: «Soy un buen burgués. Si me robaran el reloj, gritaría al ladrón». Así pues, le agrada ser sociable y conservador. Solo que su instinto lo incita una y otra vez a sacudir el mismo orden que considera necesario, que llega incluso a aprobar. Su notable habilidad para «birlar» lo empuja de forma inevitable a ser deshonesto.

Además, en sus aventuras hay otro elemento relevante que, en mi opinión, tiene el mérito de la originalidad. No me di cuenta enseguida. Por lo demás, en literatura jamás prevemos lo que debemos hacer: lo que sale de nosotros se forma en nuestro interior y, con frecuencia, constituye para nosotros una revelación. En el caso de Arsène Lupin, se trata del interés que presenta la relación del presente, en lo que tiene de moderno, con el pasado, sobre todo histórico o incluso legendario; a diferencia de Alexandre Dumas, no he tratado de reconstruir los acontecimientos pasados, sino de descubrir la solución de problemas muy antiguos. Arsène Lupin se ve continuamente involucrado en esos misterios por el gusto que profesa por ese tipo de investigaciones.

De ahí deriva esta serie de aventuras de Arsène Lupin donde los hechos son contemporáneos, pero en la que el enigma es histórico. Por ejemplo, en *La isla de los treinta sepulcros*, estamos ante un peñasco rodeado de treinta escollos. Se llama la Pierre-des-rois-de-Bohême, pero nadie sabe por qué. Según la tradición, en el pasado llevaban a

253

los enfermos a la piedra, y estos se curaban. Arsène Lupin descubre que un barco que transportaba el peñasco de Bohême quedó encallado allí en la época de los druidas y que los milagros se debían en realidad al radio que contenía la piedra (de hecho, se sabe que Bohême es la mayor productora de este elemento).

Basar una novela de aventuras policiacas en ese tipo de datos eleva sin duda su argumento y supongo que es una de las razones por las que este Don Quijote desvergonzado de Arsène Lupin es tan popular y entrañable para el público.

Le Petit Var,
sábado, 11 de noviembre de 1933

Este libro utiliza el tipo Aldus, que toma su nombre

del vanguardista impresor del Renacimiento

italiano, Aldus Manutius. Hermann Zapf

diseñó el tipo Aldus para la imprenta

Stempel en 1954, como una réplica

más ligera y elegante del

popular tipo

Palatino

El último amor de Arsène Lupin

se acabó de imprimir un día

de verano de 2021, en los talleres

gráficos de Liberdúplex, s. l. u.

Crta. BV-2249, km 7,4.

Pol. Ind. Torrentfondo

Sant Llorenç d'Hortons

(Barcelona)